AF451738

Voyage d'une Plume

au Pays de Fantaisie

PROLOGUE

I

DISSENTIMENT

L'IMAGINATION. — QUILL. — MINERVE

'IMAGINATION. — « Leste, Quill ! pique une tête dans l'encrier,
puis fais courir les pattes de mouche, à mon gré, sur ce
papier si attirant dans sa blancheur immaculée. Quoi?
Tu refuses, tu fais la renchérie!... Tu n'es pas disposée,
dis-tu, à suivre la folle du logis, tu veux me poser des conditions. Voyons,
Quill ! ne reste pas ainsi le ventre en l'air, les pointes de ton bec croisées l'une
sur l'autre, comme si elles allaient plaider en divorce. Allons donc. Quill! sois
bonne fille et fais de bonne grâce ce que je te demande... Tu fais la sourde
oreille, prends garde !

Pour te faire obéir, je n'ai qu'à te pincer entre mes doigts, et : En avant,
marche !

Ce ne sont, ni les crachements, ni les grincements qui m'empêcheront de te faire écrire ce qui me plaira. Fais-y attention, rebelle, tu ne m'es pas indispensable.

La machine à écrire est venue suppléer à ta lenteur et te remplace fort avantageusement : par elle tu vas être complètement détrônée, tout doit aujourd'hui marcher à la vapeur.

Songes-y, Quill, il n'est plus le temps où tes ancêtres s'étalaient majestueusement sur les belles écritoires de hautes et puissantes dames.

Il est passé le temps où d'illustres écrivains, en habit de velours et manchettes de dentelles, mordillaient le bout de leurs plumes d'oies afin de faire jaillir plus aisément, par ce mouvement machinal, les immortelles pensées trop lentes, à sortir de leurs cerveaux.

Il est passé le temps où tes arrière-grand'mères, chassées par l'usage de la plume de fer, furent obligées de chercher refuge chez de vieux bureaucrates, d'austères tabellions ; là elles finissaient leurs tristes jours, noires comme maugrabines. D'autres fois, elles devenaient, en ces lieux sévères, aussi chauves que les crânes, dont elles devaient reproduire les travaux. Ils étaient affreux ! ces crânes jaunes et polis comme un vieil ivoire ; seules, les mouches impudentes les appréciaient pour y patiner avec délices.

Il n'existe plus le temps où de petits clercs, sales et paresseux, se servaient de tes pareilles pour grossoyer d'innombrables dossiers, puis, entre temps, ornaient leurs oreilles crasseuses de cette plume d'oie partout ailleurs démodée.

QUILL. — Vas-tu te taire ! tu commences à m'échauffer la bile, toi, que trois mots prononcés à haute voix feraient aussitôt fuir.

L'IMAGINATION. — Oui-dà, vraiment ! Je voudrais bien les connaître ces trois mots capables de défier ma puissance ?

QUILL. — Au secours ! Minerve. »

Au nom de la déesse, l'Imagination, avec la rapidité d'une bulle de savon crevant en l'air, a disparu et, aux yeux terrifiés de Quill, Minerve apparaît soudain !

MINERVE. — « Me voici, mon enfant, je suis heureuse de répondre à ton appel, je te prends tout de suite pour disciple; viens, sous mon égide, faire amende honorable pour toutes les folies, commises par toi, d'accord avec l'Imagination. Grâce à ma protection tu seras enrôlée sous la bannière de la Raison et, nourrie par elle de vrai savoir, de saines traditions, tu cultiveras à l'avenir le champ de la Sagesse. »

Quill devant le succès de son stratagème reste altérée.

Dans ses bras puissants la déesse a saisi Quill; muette et sans défense, la pauvrette est emportée par Minerve.

AU MONASTÈRE

AN! pan! toc! toc! qui peut frapper à pareille heure à la porte du monastère? c'est Minerve tirant Quill après elle; la pénitente est vêtue d'un sac recouvrant un cilice, ses cheveux sont couverts de cendres, elle suit, tête baissée, sa nouvelle maîtresse.

Aux coups redoublés, le guichet s'ouvre :

Une voix blanche demande :

« Que voulez-vous? »

Minerve répond en montrant Quill :

« Cette pénitente demande à être entendue en confession par Dom Moroso. »

La lourde porte de chêne s'ouvre, Quill poussée par la déesse, en franchit le seuil, la porte se referme. La pauvrette se trouve seule dans le couvent: le Frère portier, sans lever les yeux, lui indique, d'un geste brusque, le chemin du parloir : « Allez, dit-il, et attendez. »

En tous établissements religieux, laïques doivent attendre et commencer par faire acte de patience; la patience est une grande vertu, Quill le sait, elle en a fait provision, mais le temps use cette vertu comme toute autre chose; notre convertie est vite au bout de son rouleau, elle s'en va à la porterie et demande humblement si Dom Moroso a été prévenu.

Le Frère Pancracius répond avec calme : « Laudes et Matines sont dites, Nones seront bientôt terminées. après. Dom Moroso fera sa méditation, alors si notre Père supérieur n'a rien de très important à faire, il viendra au parloir. »

Ils paraissent courts aux fervents les instants employés à méditer; Quill n'est pas arrivée à cet état de perfection, qui n'attache plus de prix terrestre aux heures égrenant inconsciemment leur chapelet de minutes.

De quelque façon qu'elles s'écoulent, les heures ne reviennent pas: elles passent et s'envolent dans une fuite vertigineuse. Le temps se rit de nos espérances, de nos joies, de nos douleurs; pour ce grand dévorant une minute a toujours soixante secondes absolument égales entre elles.

A Quill, les minutes ont toujours semblé, selon l'occasion, délicieusement courtes, ou cruellement longues: en l'attente actuelle elle se demande s'il lui faudra demeurer jusqu'après Vêpres. jusqu'après Complies. elle s'agite, elle murmure.

Tout finit en ce monde. même l'attente.

Un bruit de clef grinçant dans la serrure, une première porte. puis une seconde roulant sur leurs gonds, avertissent Quill de l'arrivée du moine, par elle si longtemps attendu. Du fond du cloître, précédant le parloir, Dom Moroso s'avance majestueusement, son pas énergique fait résonner les dalles, sa stature élevée se découpe nettement dans la demi-obscurité dont elle émerge; en apercevant la pénitente qui l'attend, il s'arrête un instant au seuil du parloir, puis se dirige vers un haut fauteuil sculpté, y prend place et d'un ton bref. où perce le commandement, il dit: « Je suis prêt à vous entendre en confession, commencez. »

Quill tremblant de tous ses membres fait un timide mouvement pour s'approcher.

Le religieux l'arrête par ces paroles:

« Vous pouvez rester où vous êtes, agenouillez-vous, je vous écoute. »

Quill se sent défaillir, son cœur semble cesser de battre, la voix lui manque; aux yeux d'un pareil juge quelles proportions vont prendre ses aveux et pourtant il lui faut parler! Rassemblant tout son courage, toute son énergie, faisant un grand effort, elle balbutie:

« Mon père... »

Un carreau de la fenêtre mal fermée tombe avec fracas, un furieux courant d'air s'établit avec la porte restée ouverte et la plume légère soulevée par le vent, file, rapide comme l'éclair, par la vitre brisée.

EN L'AIR

EN L'AIR

« EINE ! (fait Quill en se sentant enlever hors des murs du couvent) « quelques instants de plus et il aurait fallu m'engager à suivre les conseils et les suggestions de la Raison ; chose promise étant chose due, comment m'eût-il été possible de reconquérir la liberté de m'abandonner à toutes mes fantaisies? Maintenant, me voilà libre d'agir à ma guise ! »

A ces mots, Quill se débarrasse de tout son attirail de pénitente, sac, cilice, s'en vont par-dessus les moulins ; la folle Plume frémissant d'aise étend ses barbelettes, pirouette au gré du vent, se livre à de si capricieux bonds, à de si vertigineux tourbillonnements que, perdant l'équilibre, elle tombe en virevoltant sur le nez d'un jeune homme endormi, paresseusement étendu sur le gazon.

« — Sapristi ! s'écrie notre homme s'éveillant à demi et portant vivement la main à sa figure. Quel est l'animal qui me réveille d'aussi sotte façon? Si je l'attrape, il...

« — L'animal c'est moi », interrompt Quill, qui ricoche adroitement et se fiche hardiment en terre devant le dormeur.

« — Qui, toi? grogne celui-ci complètement réveillé. Tu me parais joliment

évaltonnée. En tout cas, tu pourrais répondre plus poliment et dire ton nom à celui que ton bec a désagréablement égratigné.

« — M'est avis, beau Sire », fait Quill en se dandinant, « qu'ayant l'avantage d'appartenir au sexe fort, ce serait à toi de te nommer le premier, car je ne vois ici personne pour nous présenter l'un à l'autre.

« — Une présentation ne rimerait à rien ; d'ailleurs, en ma qualité d'offensé, j'aurais le droit de savoir pourquoi tu m'as réveillé d'une manière aussi peu civile.

« — Plains-toi donc, dit Quill, le beau malheur d'avoir été frôlé par moi ; tu devrais me remercier : il est certes plus agréable de causer que de dormir. A dormir en plein midi, tu allais attraper un coup de soleil : pour sûr, ton nez en aurait rougi, c'eût été grand dommage. Mais, voilà bien les hommes ! à les obliger on n'oblige que des ingrats.

« — Causer, causer, toujours! La peste soit des femelles bavardes! À discuter avec elles on perd son temps et son latin; il m'est plus agréable de rêvasser sans savoir à quoi: être seul est charmant, on n'est pas obligé d'écouter et encore moins de répondre.

« — Parfait, vraiment! À politesse, politesse et demie; si c'est ainsi que tu sais être galant, rendors-toi vite, Monsieur le malotru, alors tu n'auras plus même besoin de penser. Reprends ton somme et puisse, pour toi, s'ouvrir les poétiques régions du bleu où glissent les ombres sans nom.

« — Les ombres elles-mêmes peuvent avoir un nom; pour en finir et couper court à toute discussion, je veux bien accéder à ton désir; sachant que si

> « Curiosité de femme est un feu qui dévore.
> « Curiosité de plume l'est plus encore. »

Je me nomme Farfadet, je suis prince des Lutins, et roy des pensées.

« — Ta citation n'est pas exacte, de plus, les vers en sont boiteux; malgré cela je n'en suis pas moins charmée de faire ta connaissance, Monseigneur », dit Quill, en agitant coquettement ses barbelettes, « dès ma plus tendre enfance, tout ce qui avait trait au royaume de féerie m'a toujours particulièrement intéressée; il m'est on ne peut plus agréable d'entrer en relation avec un prince du pays des fées. En réponse à ton amabilité, je vais t'apprendre ma modeste origine. Je m'appelle Quill et j'appartiens à la vieille famille des plumes d'oie; mes arrière-grand'mères furent élevées à la cour des Guises et descendaient en ligne directe de la fameuse Cornélie, qui illustra à tout jamais notre maison. Tu le sais, ce fut elle qui, en donnant au Capitole le signal de l'approche des Gaulois, sauva Rome.

La tradition assure que Cornélie avait une voix enchanteresse; depuis la mort de notre ancêtre, nous avons fait tant de bruit dans le monde que les voix de la famille se sont légèrement enrouées.

FARFADET (se levant et saluant). — Je suis heureux, Madame, de l'occasion qui me procure la bonne fortune de faire la connaissance d'une aussi piquante personne.

QUILL (s'avançant en sautillant). — Shake hands.

FARFADET (en se reculant). — Pardon, Madame, je ne parle que le français et ne comprends aucun idiome barbare.

QUILL. — L'anglais! un idiome barbare! cette langue si universellement parlée. Faut-il que tu sois vieux jeu pour ne pas en connaître certains mots en usage courant aujourd'hui?

FARFADET. — Je prétends ne me servir que de ma langue maternelle, et mes pensées ne doivent prendre leur essor qu'en français.

QUILL. — Pas dans le train, alors! Que fais-tu donc, sire Farfadet, de la liberté de ces pensées, dont tu te proclames le souverain?

FARFADET. — Étant leur maître, j'ai le droit d'exiger qu'elles se présentent en un langage correct, parées du charme incomparable du vrai français d'autrefois. Avec cette langue d'une élégance si simple, si naturelle, tout peut se dire avec clarté: nulle autre ne possède cette finesse nerveuse, souple et délicate qui la met au-dessus de toutes les autres.

QUILL. — Pour un lutin tu es disert, j'en conviens, mais tu auras beau dire : à nouvelles idées, à nouvelles habitudes il faut des mots nouveaux; d'ailleurs dès qu'une pensée a pris son essor, elle tombe dans le domaine commun, alors chacun peut la travestir ou l'habiller à son gré.

FARFADET. — Et cela, grâce à qui? A vous, Plumes, inconscientes ou coupables, qui vous plaisez à détourner les nobles pensées de leurs vives et saines sources; c'est vous, plumes indépendantes, qui prenez, sous prétexte de Liberté, un malin plaisir à les charger d'horribles oripeaux et qui les faites se ravaler et se galvauder dans un jargon devenant de jour en jour plus vulgaire.

QUILL. — Va donc t'asseoir, lutin. A d'autres! Liberté veut dire liberté; si tu la veux pour toi, il te faut la vouloir pour autrui. Bah! tes sujettes t'échapperont toujours, tu auras beau leur mettre liens, chaînes et bâillons, quand cela leur conviendra, sans ta permission, elles ficheront le camp.

FARFADET. — Pour une personne haut apparentée, quelle expression, Madame! Ce m'est triste de vous voir renier les traditions de votre famille; à en juger par votre tournure, j'aurais cru que maintes des vôtres avaient brillé à l'hôtel Rambouillet.

QUILL. — L'hôtel Rambouillet! Il y a bel âge qu'il est démoli. Avec ça qu'elles se gênaient peut-être, les Précieuses, quand elles étaient dans l'intimité!

Sire Farfadet, tu me fais l'effet d'un renard prêchant à une poule. Si quelque chose t'amuse, je parie que tu ne regardes pas de si près à la façon dont elle est exprimée. Mille excuses d'avoir interrompu ton somme, je regrette de ne pas être à la hauteur de ton beau dire et je vais profiter du passage de Monsieur le Vent pour continuer mon voyage, permets-moi de te tirer ma révérence. »

Sur l'aile d'une forte brise, Quill reprend le chemin des aventures. Tout comme un simple mortel, Farfadet court après qui le fuit.

La folle Plume s'envole au-dessus des ruisseaux, rase la terre, rebondit de la poussière aux nuages, vive comme un papillon, elle décrit de nombreux zigzags ; le Lutin la poursuit vainement ; légère comme un fétu de paille, aussi insaisissable que farine au vent, Quill passe et repasse en ricanant et ne se lasse pas de faire mille courbes et mille gracieux méandres. Cent fois Farfadet croit l'atteindre ; plus taquine qu'une mouche, Quill file et refile, rapide comme une flèche devant le nez de son poursuivant. Ne s'arrêtera-t-elle donc jamais ?

Enfin l'imprudente passe trop près d'un buisson d'épines, s'y accroche, la voilà prise !

« Ah ! ah ! mademoiselle la Plume, s'écrie Farfadet, vous voilà prisonnière, vous allez être obligée, pour sortir d'embarras, de recourir à mes bons offices ; l'hôtel où vous êtes descendue me semble mal choisi, il va vous tarder d'en sortir.

QUILL. — En aucune façon, je me trouve très bien en cette sauvagerie, ce lieu rustique me plaît ; ma petite excursion m'a un tantinet essoufflée, je suis ravie de me reposer.

FARFADET. — Vous allez vous ennuyer dans cette solitude, vous de nature plaisante, aimant à rire et à causer, avec qui aiguiserez-vous ici votre verve moqueuse ? A ne pouvoir railler, vous vous sentirez toute esseulée.

QUILL. — Esseulée ! ah ! que nenni : une plume est à elle-même une fidèle compagnie. D'ailleurs, Printemps va tantôt venir, avec son cortège de merles jaseurs, il aura vite fait de tapisser cette retraite de mille églantines roses.

FARFADET. — Je n'en doute pas, le Printemps et les roses vous feront poétique société, mais ils ne dureront qu'un moment, et puis vous êtes d'humeur si vagabonde, l'inaction vous pèsera vite. Veuillez écouter ma proposition : Comme vous, je ne puis rester longtemps en place, voyageons ensemble.

Quill. — Grand merci, tu es trop aimable. Qui a compagnon a maître, je préfère rester où je suis.

Farfadet. — Je vous en conjure, demoiselle Quill, écoutez-moi, la nuit va arriver, il se fait tard, réfléchissez un instant, songez au danger d'être enlevée par un hibou, où pis encore par quelque chouette en quête de duvet pour garnir son nid. De grâce, laissez-moi vous tirer d'embarras et acceptez-moi pour guide.

Quill. — Tes paroles contiennent peut-être un grain de vérité, mais avant de consentir à t'accepter comme compagnon de voyage, il me faudrait des garanties.

Farfadet. — J'accepte d'avance toutes vos conditions.

Quill. — Oh! elles ne seront pas bien dures; je suis du caractère le plus accommodant, je tiens à mes opinions, mais je veux bien respecter celles d'autrui. Je dois pourtant te prévenir que j'aime à avoir toujours le dernier mot; on peut tout me dire, j'adore parler et entendre parler et je n'écoute que ce qui me plaît, la plupart du temps ce qui m'entre par une oreille, en sort par l'autre.

Farfadet. — Réellement, demander davantage à une compagne de voyage, serait outrecuidant! Je souscris à toutes vos conditions; puisque nous sommes d'accord, permettez-moi de vous délivrer et de vous donner pour char le velours de mon bonnet.

Quill. — Doucement, Sire, trop pressé, je connais l'amour du Français pour le plumet, mes compatriotes sont toujours prêts à mettre une plume à leur couvre-chef, fut-ce même celle d'une oie. Les lutins étant d'essence essentiellement légère, il est prudent avec eux de savoir où ils voudraient vous mener.

Farfadet. — Je vous mènerai seulement là, où il vous plaira d'aller, sage demoiselle Quill.

Quill. — Eh bien! il me plairait fort de faire une chevauchée au pays de Féerie, j'aimerais voir se dérouler devant mes yeux ce qui se contait au temps jadis.

Farfadet. — Rien n'est plus facile, une course dans le vieux passé de France vous séduirait-elle? Voulez-vous apprendre comment une fée fonda la forteresse de Lusignan? Je vous mènerai partout où vous voudrez, je vous en prie, partons, partons, le temps me dure de rester ainsi planté devant ce buisson d'épines, ne me faites pas ainsi languir.

Quill. — Un moment encore, monsieur du vif-argent, as-tu donc si peu d'expérience, que tu ne saches pas combien notre valeur gagne à se faire désirer, mais je suis bonne personne et ne veux pas te faire poser plus longtemps ; toutefois, avant de partir en expédition avec toi, il te faut jurer, comme moi, devant Phœbée qui se lève : Liberté pleine et entière pour chacun de nous.

Farfadet. — Oui, oui, jurons.

(Ensemble.)

Quill. — Libres comme la pensée.

Farfadet. — Libres comme l'air.

Le lutin plonge la main dans les épines, en retire la plume qu'il fixe au bonnet qui le rend invisible, s'en coiffe rapidement et tous deux disparaissent au moment où la campagne s'endort dans la douce pénombre du crépuscule.

Mellusyne

Le philosophe fu moult sage,

Qui dist en la première page

De sa noble Metaphisique

Que l'umain entendement s'applique

Naturelement à concevoir

Et à apprendre et à savoir

Les choses de longtemps passées,

Plaisent quand ilz sont recordées.

Du Livre de Lusignan, MCCCLXXXVII.

I

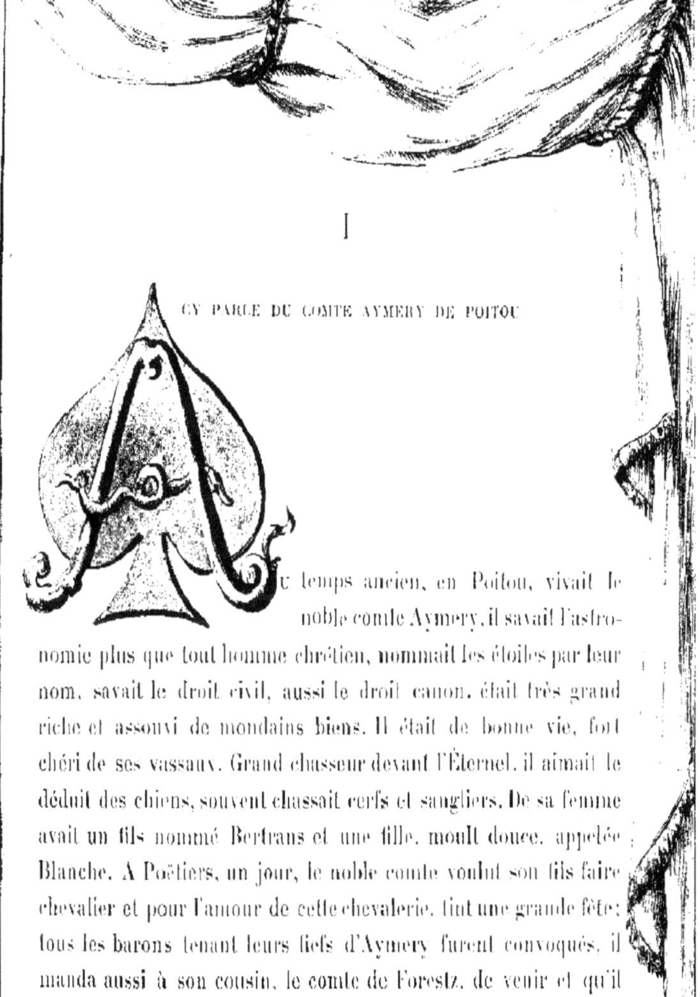

u temps ancien, en Poitou, vivait le
noble comte Aymery, il savait l'astro-
nomie plus que tout homme chrétien, nommait les étoiles par leur
nom, savait le droit civil, aussi le droit canon, était très grand
riche et assouvi de mondains biens. Il était de bonne vie, fort
chéri de ses vassaux. Grand chasseur devant l'Éternel, il aimait le
déduit des chiens, souvent chassait cerfs et sangliers. De sa femme
avait un fils nommé Bertrans et une fille, moult douce, appelée
Blanche. A Poëtiers, un jour, le noble comte voulut son fils faire
chevalier et pour l'amour de cette chevalerie, tint une grande fête;
tous les barons tenant leurs fiefs d'Aymery furent convoqués, il
manda aussi à son cousin, le comte de Forestz, de venir et qu'il
amena de ses fils les plus âgés, car il voulait les voir. Le comte
de Forestz alla à son mandement, le plus honorablement qu'il put,
et y mena trois de ses enfants : le comte de Poëtiers reçut son parent

avec grande joie, le cadet de Forestz grandement lui plut et dit à son cousin :

« Écoutez-moi, beau et cher cousin, j'ai entendu que de moult d'enfants vous êtes chargé, il serait bon de vous en décharger ; s'il vous plaît de m'en donner un, il sera bien doté et à toujours riche je le ferai.

« — Sire, dit le Comte de Forestz, des trois vous pouvez choisir et humblement je vous remercie, faites à votre ordonnance, prenez lequel il vous plaira.

« — Dont, donnez-moi le cadet, je lui ai m'amour donné », ainsi dit le comte de Poëtiers.

« — Puisqu'il vous plaît, répond le Comte de Forestz, je le veux volontiers et vous l'aurez, prenez-le, le voici.

« — Beau cousin, à vous merci. Quel est son nom ?

« — Sire, on l'appelle Raymondin, le bel, le doux, le courtois ; des trois, il est le mieux renseigné, car il est subtil et intellectif en toutes choses. »

Huit jours durant la fête fut continuée, et furent faits plusieurs chevaliers pour l'amour de Bertrans qui jouta moult bel et bien ; quand tout fut fini, le comte de Forestz prit congé ; les trois frères se baisèrent et se commandèrent à Dieu, puis avec grande douleur, le père remit Raymondin à son seigneur pour le bien servir de tout son pouvoir.

Le noble comte de Poëtiers aima et chérit Raymondin, pour ce que celui-ci si bien le servait, sans lui n'allait ni ci, ni là.

Cinq ou six ans se passèrent.

Par Poitou sont foison de bois et grandes forêts, la plus grande et la plus sauvage d'icelles étant celle de Colombiers.

Le Comte avait moult chiens, braques, lévriers, braconniers et chiens courants de grosse chasse et de toutes manières. Il advint qu'un jour l'un des forestiers vint dénoncer qu'en la forêt de Colombiers était le plus merveilleux porc qu'on eût de longtemps vu.

« Par ma foy, dit le Comte, faites que veneurs et chiens soient prêts, à la chasse demain nous irons. »

Quand le jour fut venu, le Comte partit avec foison de barons et de chevaliers ; au plus près de lui était Raymondin, monté sur un fort coursier, l'épieu sur le col, l'épée au côté. Venus en la forêt, tous commencèrent à chasser, tôt fut trouvé le porc lier, orgueilleux. La bête prit son cours en tel état et s'en va devant si vite et si furieusement courant qu'il n'y avait si hardi veneur qui osât l'enferrer, ni si hardi chien qui osât l'atteindre, car, en se retournant, le porc à mort blessa plusieurs braches et lévriers.

Adonc vint le Comte qui crie à haute voix : « Comment, ce fils de truie nous ébahira-t-il, tant que nous sommes? »

Quand Raymondin entendit ainsi parler son oncle, en eut si grande vergogne qu'il descend de son coursier, l'épée au poing, et s'en va vitement au porc lui férir un grand coup; le sanglier se tire à lui et le fait cheoir à genoux. Hardi comme un preux, Raymondin ressaute et s'en va l'enferrer, mais le porc s'enfuit et court d'une telle manière qu'il n'y a ni chevalier ni chien qui ne perde sa vue et sa trace, fors seulement le Comte et son neveu, qui sont remontés sur leurs coursiers. Raymondin surtout suivait âprement, tous les autres demeuraient en arrière, tant ces deux chassèrent qu'il fut obscure nuit.

Le comte dit à Raymondin : « Beau neveu, demeurons ici jusqu'à ce que la lune soit levée. »

Et Raymondin répondit : « Sire, ce qu'il vous plaira. » Puis descendit et fit du feu. Tantôt après, la lune se leva, belle et claire, et les étoiles luisèrent si fort que les bois en étaient illuminés.

Adonc Aymery, qui savait l'astronomie, regarda au ciel les claires étoiles et la lune sans tache ni obscurité. Il commença à soupirer profondément, après grands et aigres soupirs, il dit :

« Ha! ha! Dieu qui fait les anges, que tes merveilles sont grandes! Comment pourrait-ce être raison qu'homme puisse avoir du bien pour mal faire, si ce n'était que par ton jugement. »

Et il commence à soupirer plus fort que devant: Raymondin qui avait allumé du feu, s'en vient au comte et lui dit :

« Monseigneur, venez un petit vous chauffer, en peu de temps nous aurons nouvelles, la venaison doit être prise, j'ai ouï bruit de chiens.

« — Par ma foi, dit le Comte, cela ne me fait guère », et lors regarda le ciel, faisant toujours force soupirs.

Raymondin, qui l'aimait tant, le supplie :

« Pour l'amour de Dieu, Monseigneur, laissez les choses être et ne vous donnez pas tant d'ennuis pour l'astronomie.

« — Fol. répond le comte, si tu voyais ce que je vois tu serais ébahi et je voudrais, pour ce que chose doit être, qu'elle t'advienne ; je t'aime tant que je souhaiterais que de si grands honneurs soient pour toi. Or sache que, si en ce moment un sujet occisait son seigneur, il deviendrait le plus puissant et le plus honoré de son lignage.

« — Monseigneur, je ne puis croire que ce fut chose possible ; ce serait contre raison qu'homme eût bien pour impétrer si mortelle trahison. Venez, Sire, près du feu, il flambe clair.

« — Je le crois fermement, reprend le comte, il est vrai comme je te le dis.

« — Par ma foi, dit Raymondin, je ne le croirai jamais » ; et lors commencèrent à penser, puis tous deux ouïrent un grand bruit au long du bois et entendirent rompre menues branches et rameauceaux. Raymondin prit son épée, le comte tire la sienne et attendirent ainsi pour savoir ce que c'était.

En tel état demeurent tant qu'ils virent le porc sanglier, merveilleux et horrible, moult échauffé, venant à eux montrant les dents, écumant de rage.

« Monseigneur, crie Raymondin, sauvez votre vie, montez sur un arbre et m'en laissez convenir. »

Le comte répond hautement :

« — Oncques ne m'a jamais été reproché, je ne te laisserai pas en telle aventure. »

Quand Raymondin entend ceci, va au-devant du sanglier pour le détourner ; sitôt que le porc l'aperçoit, il court vers le comte, qui sait moult de la chasse et va enferrer la bête avec la pointe de son épieu, lequel glisse malheureusement sur le cuir du sanglier, qui vire le comte à genoux ; Raymondin vient courant, empoigne l'épieu et frappe au cœur le porc, que le coup du comte a fait cheoir à revers ; la lumelle de l'épieu échappe par dessus les soies de l'animal et atteint le comte qui était versé sur le ventre et le perce de part en part parmi le dos.

Ce fait, Raymondin vient au comte pour le soulever, c'est pour néant, car il est déjà tout mort ; quand Raymondin aperçoit la plaie et le sang en jaillir, il commence à crier en pleurant, en faisant les plus grandes lamentations que peut faire homme en vie :

« Ha ! ha ! fausse, mauvaise et malotrue fortune, comment es-tu si perverse, que tu m'as fait occire celui qui m'aimait tant et qui tant de bien m'avait fait.

Hé! hé! où sera le pays où je pourrai tenir; tous ceux qui entendront ce malheur jugeront, à bon droit, me faire mourir de honteuse mort. Ah! terre. ouvre-toi et m'engloutis et me mets avec le plus obscur ange d'enfer, qui jadis fut le plus bel des autres, car j'ai bien desservi celui que j'aimais tant. »

En cette douleur et tristesse, Raymondin reste un long espace de temps et bien une heure se lamente et se courrouce, puis s'avise en lui-même et se dit :

« Monseigneur, qui gît là, disait que si telle aventure m'advenait, je serais le plus honoré de mon lignage, mais je vois bien que j'en serai le plus déshonoré; nonobstant qu'il ne peut en être autrement, je me détournerai de ce pays et j'irai quérir aventure telle, que Dieu voudra me la donner, et où il lui plaira que j'amende mon péché. »

A donc, revient Raymondin à son seigneur; quand il le regarde, qui était tout mort, recommence sa douleur, se tourmente, se maudit et tantôt qu'il l'eût baisé, le laisse en pleurant de si triste cœur, qu'il ne pourrait dire un mot pour tout l'or du monde. Tantôt alla mettre le pied à l'étrier et monta sur son cheval, chevauchant à l'aventure tout déconforté, menant si grand deuil, qu'il n'est personne au monde qui peut penser la cinquième partie de sa douleur.

Tant chevaucha Raymondin parmi la haute forêt qu'il s'approcha environ la minuit d'une fontaine nommée la Soif-Jolie, tant claire et saine était et d'aucuns disent qu'elle est de féerie; elle était en un merveilleux endroit, avec de grandes roches au dessus et au loin étaient de belles prairies.

II

A lune luisait toute claire et le cheval emportait Raymondin de ci, de là, où il voulait aller, car Raymondin avait si grande déplaisance de lui-même qu'il avait lâché les rênes, il était comme endormi; son cheval l'emmena en cet état proche la fontaine, où trois dames s'ébattaient; entre lesquelles en était une qui avait plus grande autorité, car elle était leur dame. Raymondin ne voyait, ni n'entendait, tant sa pensée était dolente; en ce point il passa devant les dames sans les voir.

Adonequcs s'avança celle qui était la plus grande des autres, la plus gente et la plus jolie, et lui parle en cette manière :

« Par Dieu! vassal, vous ne montrez pas que vous êtes de noble lignée, quand vous passez devant dames sans les saluer. »

Raymondin ne l'entendait pas et ne sonna mot.

La dame s'aperçoit qu'il ne sait s'il dort ou s'il veille, il a couleur de fantôme; à parler elle reprend hautement :

« Sire vassal, qui vous a appris à refuser la parole à dame que vous voyez, c'est grande vilenie et vous est grand déshonneur, vous qui paraissez de noble nature, d'ainsi refuser toute courtoisie. »

En entendant cette voix qui parle si mélodieusement, qu'il croit pour de vrai une voix angélique, Raymondin frémit comme un homme qui s'éveille en sursaut, il s'arrête, regarde la dame et tant pour sa douce voix, que pour la

grande beauté qu'il voit en elle, ne sait s'il est jour ou nuit, tellement il en est ravi ;
lors saute de dessus son cheval sur l'herbage, entr'oublie tous ses ennuis et s'écrie :

« Gracieuse image, Dame de beauté, pardonnez-moi, pour Dieu merci.
J'ai si grande douleur au cœur par une merveilleuse aventure, par ma foy, Dame,
je vous jure, qu'en l'état où j'étais, je ne savais ce que je faisais. Noble Dame, je
vous prie de me pardonner, sachez que j'ai triste affaire et je prie Dieu dévotement qu'il me donne la grâce de sortir de cette peine à mon honneur.

« — C'est fort bien, dit la dame, on doit toujours appeler le nom de Dieu à
son honneur et je crois que vous ne m'aviez ni vue ni entendue ; mais, sire chevalier, où allez-vous à cette heure ? Si vous ne savez le chemin, dites-le moi, il n'y
a ni voie, ni sentier de cette forêt que je ne connaisse, fiez-vous à moi hardiment.

« — Dame, grand merci de votre courtoisie, ma très chère Dame, puisqu'il faut que je vous le dise, j'ai perdu mon chemin par la plus grande partie
du jour et jusqu'à maintenant encore ne sais-je où je suis.

« — Par Dieu, bel ami Raymondin, rien ne devez me céler, car je sais
comme il vous va et je suis moult dolente de vos ennuis. »

Quand Raymondin ouit qu'elle le nommait par son nom, il fut si ébahi qu'il
commença un peu à penser.

« Dame, dit-il, vous savez mon nom, dont je suis émerveillé, mais je ne
connais pas le vôtre. Votre physionomie où j'aperçois si grande beauté me fait
croire qu'aucun corps terrien ne pourrait avoir comme le vôtre autant de douceur,
de grâce et de savoir. »

La Dame aperçut qu'il était moult honteux de ce qu'elle savait de son secret
et le rassure en cette manière :

« Sire Raymondin, je suis celle qui, après Dieu, peut le mieux vous conseiller et
vous avancer en cette mortelle vie, car je sais que vous avez occis votre seigneur
en cas involontaire, et je sais les paroles qu'il vous a dites par art d'astronomie. »

Quand Raymondin ouït ceci, fut encore plus ébahi que devant et dit :

« Très chère Dame, vous dites la vérité, mais comment pouvez la savoir si
certainement et qui vous l'a annoncée ?

« — Ne vous ébahissez pas, dit la dame, je sais la pleine vérité de votre fait
et ne croyez point que ce soit par œuvre diabolique, sachez que sans moi, vous ne
pouvez venir à bonne fin de votre fait, mais, si vous voulez croire les paroles que

votre seigneur vous a dites, elles vous seront moult profitables et, avec l'aide de Dieu, je vous ferai le plus grand de votre lignage et le plus grand terrien d'eux tous et je vous donnerai plus de biens que ne vous l'a dit celui qui, mort, froid, en la forêt gît. »

Lors Raymondin se souvint des paroles du comte Aymery. Il considère et se prend à muser en lui-même les grands périls où il est d'être exilé, chassé de son pays, et il avise qu'il ferait bien d'écouter la dame et de croire ce qu'elle lui dirait, aussi bien n'a-t-il à passer qu'une fois le cruel pas de la mort. Cy répond humblement :

« Dame, je vous remercie de la grande promesse que m'offrez, car votre visage où j'aperçois si radieuse beauté me fait croire que par vous, de mon deuil j'aurai réconfort; de si belle créature il ne peut venir que bonheur, je ferai volontiers ce que vous voudrez bien me commander, si c'est chose possible et qu'un chrétien puisse ou doive le faire en tout honneur.

« — Par ma foy, beau Raymondin, vous parlez de franc cœur, je ne vous conseillerai chose dont bien ne doive venir, mais il faut premièrement que vous me juriez devant Dieu de me prendre pour femme. »

Et Raymondin jure en cette manière :

« Par devant Dieu, par ma foy, je vous promets loyalement qu'ainsi ferai-je.

« — Or, Raymondin, dit-elle, il faut encore jurer autre chose.

« — Ma Dame, quoi de plus? je suis tout prêt, si c'est chose honnête à faire.

« — Oui, répond-elle, c'est chose honnête, qui ne peut vous tourner à préjudice, mais à tout bien et ne faites aucun doute que je vienne de Dieu. Vous me devez promettre encore, par tous les serments qu'un homme de bonne foy peut jurer, que tant que vous vivrez, jamais le jour de samedy vous ne vous mettrez en peine de me voir, ni ne vous enquerrez du lieu où je serai et par le péril de mon âme, je vous jure que jamais en ce jour ne ferai chose qui soit en votre préjudice et je mettrai cœur, force et pensée à avancer et accroître votre fortune.

« Entendez-le bien, si sur ce chef vous vous parjuriez, vous me perdriez et jamais, en votre vie, ne me reverriez. »

Raymondin secondement jura :

« Ainsi ferai-je au plaisir de Dieu.

« — Or, reprend la dame, ne faites doute de choses qui soient, allez à Poëtiers ; quand vous y serez, vous trouverez là plusieurs qui vous demanderont nouvelles du comte, votre oncle ; dites qu'au bois vous vous êtes perdu, que longtemps vous avez cherché et attendu en la forêt sauvage, bien d'autres diront l'équipolent. Assez tôt après, viendront les veneurs et autres gens qui apporteront le corps en une litière et sera admis que la plaie est faite de la dent du sanglier et tous diront que le porc l'a tué; alors la comtesse, le comte Bertrand, son fils, Blanche, sa fille et tous les autres de sa famille mèneront grand deuil, vous le ferez avec eux et vêtirez la robe noire comme les autres.

« Après que tout sera noblement fait, vous retournerez ici le jour de devant que les hommages au jeune comte devront se faire et vous me trouverez en cette place; mais avant de nous départir, tenez, mon amy, pour nos amours ensemble commencer, je vous donne cet anneau, les pierres en ont grandes vertus, tant que vous userez de loyauté, sans penser à mal ni tricherie, il vous donnera victoire contre les malveillants, portez-le pour l'amour de moi. »

Lors Raymondin prit congé de la dame et l'accola doucement et honorablement, comme celle en qui il se confiait en tout; il était déjà si surpris d'amour que tout ce qu'elle lui disait, il croyait être vérité.

III

Raymondin monta à cheval et la dame le mit au droit chemin de Poëtiers; au départir il fut tout dolent, il aimait déjà tant sa compagnie que bien eût voulu toujours être avec elle. Tout en pensant il chevaucha vers Poëtiers, à tant alla, qu'il arriva et en la ville il trouva plusieurs qui étaient retournés de la chasse, les uns, dès le soir, les autres dès le matin, ils lui demandèrent :

« — Où est Monseigneur?

« — Comment, dit Raymondin, n'est-il pas revenu? Je ne le vis depuis que la forte chasse commença et que le sanglier se mit à élargir les chiens. »

Et ainsi qu'ils parlaient, venaient les chasseurs les uns après les autres en demandant des nouvelles du comte, chacun disait comme Raymondin, que oncques n'avait vu pareille chasse, ni si merveilleux sanglier sorti de ses repaires. Adonc chacun s'inquiétait que le comte tardait tant à venir, et tous vinrent attendre à la porte du palais pour savoir s'il revenait; ils restèrent grand temps là et toujours venaient gens qui disaient qu'ils avaient été égarés le long de la nuit, dans la forêt, sans avoir eu connaissance de la chasse.

Tant attendirent à la porte qu'ils virent enfin approcher un troupeau de gens, et qui se lamentaient et criaient avec piteuses voix :

« Pleurez, pleurez, vêtez-vous de noir, voici le corps de notre bon seigneur Aymery tué par un fils de truie. »

Puis, après le corps, venaient deux veneurs apportant le sanglier grand à merveille, et entrèrent en la cité, grand deuil faisant, et criant :

« Maudit soit celui qui cette chasse annonça. »

Au palais le corps fut descendu, quand la comtesse vit le comte son seigneur tout mort, de larmes son visage fut mouillé, puis elle tord et arrache ses cheveux ; pleurent avec elle Bertrans, son fils, et Blanche, sa fille.

Par Poëtiers, pleurent dames et chevaliers, vieils et jeunes gens, pleurent prêtres et chanoines, écuyers et bourgeois, pleurent petits et grands, et Raymondin plus que nul autre ; le voir faisait en vérité grande pitié. Sans l'espérance du confort qu'il prenait de sa dame, il aurait conté toute son aventure pour la contrition qu'il avait de la mort de son seigneur, qui tant l'aimait.

Tantôt, en l'église Notre-Dame de Poëtiers furent faites nobles et riches obsèques, selon la coutume du temps.

Les gens du pays en chaude colère prirent le corps du porc, le portèrent en la place devant l'église et l'ardirent en grand feu jusqu'en cendres.

Il n'est ni douleur, ni angoisse que le temps n'adoucisse. Quand tout fut fait, les barons du pays allèrent réconforter, à tout leur pouvoir, la dame et ses enfants, et firent tant que leur douleur un petit assoulagèrent, mais celle de Raymondin croissait de plus en plus, tant pour la cause qui le contraignait à se repentir de son méfait, qu'aussi de la grande amour qu'il avait eu pour le comte son oncle.

Le conseil de la comté de Poitou manda tous les barons du pays, à un certain jour, pour rendre hommage de leurs fiefs à leur gracieux seigneur Bertrans, fils du comte jadis.

IV

COMMENT RAYMONDIN RETOURNA DEVERS SA DAME

SITÒT que Raymondin le sut, il sauta à cheval et tout seul se départit de Poëtiers pour tenir son convenant à sa dame.

Entré dans la forêt, tant il chevaucha qu'il arriva auprès de la fontaine de Soif-Jolie et aperçut un hôtel fait de pierre, en manière de chapelle; oncques ne l'avait jamais vue, pourtant y était allé plusieurs fois; quand il approcha plus près, il vit plusieurs damoiselles, chevaliers et écuyers qui lui vinrent faire grande fête et le louèrent fort, et l'un lui dit : « Seigneur, descendez et venez par Ma Dame, qui vous attend en son pavillon. »

« — Par ma foy, dit Raymondin, descendant de cheval, cela me plaît bien. » Et s'en alla avec l'écuyer, qui le conduisit vers la dame avec moult honneurs.

Adonc quand la dame vit Raymondin, elle le prit par la main et l'amena dans le pavillon près d'une riche couche où ils s'assirent, et elle commença à parler ainsi :

« Mon amy, je sais que vous avez tenu ce que je vous ai dit de faire, aussi en aurai désormais grande confiance en vous.

« — Dame, dit Raymondin, j'ai trouvé si bon le commencement de vos paroles qu'il n'y a chose que je ne veuille entreprendre à votre plaisir.

« — Raymondin, mon bel amy, pour ce qui est de mon chef, vous n'entreprendrez que choses bonnes et honnêtes, dont toujours vous viendrez à bout. »

Lors vint un chevalier qui, devant la dame, tête nue s'agenouille en lui adressant ces paroles :

« Ma Dame, il est tout prêt, quand il vous plaira. »

Et la dame répond : « Couvrez-vous. »

Raymondin et la dame se levèrent pour aller en aval le pavillon, où il y avait grand foison de tables dressées ; tout étant prêt et appareillé, ils se lavèrent et s'assirent, tous deux, à une riche table ; aux autres, moult gens honorables se mirent.

Quand Raymondin vit ce festin, fut grandement étonné ; en son cœur pensa : « Voici beau commencement, dont Dieu veuille que la fin soit bonne. » Et demanda d'où tant de peuple était venu.

Dit la dame : « Raymondin, mon amy, ne vous en donnez pas merveilles, ils sont tous à votre commandement pour vous servir, et d'autres que vous ne voyez pas. »

A tant se tait Raymondin ; car lors on apporta les mets à si grande abondance que c'était plaisir à les regarder. Quand ils eurent dîné, que les grâces furent dites et les nappes ôtées, la dame prit Raymondin par la main et le mena se rasseoir sur la riche couche ; chacun se retira où il lui plut de se retirer, ou alla faire son devoir selon son état.

Lors parla ainsi la dame :

« Mon amy, c'est demain le jour que les barons de Poëtiers doivent faire hommage au jeune comte Bertrans, il faut y être et faire ce que je vous dirai, s'il vous plaît. Entendez et retenez mes paroles :

« Vous attendrez que tous les barons aient fait leurs hommages de leurs fiefs et l'allégeance du relevage de leurs terres ; alors vous viendrez en avant et demanderez au jeune comte un don pour le salaire de ce que oncques vous fîtes à son père ; dites-lui que vous ne lui demandez ni ville, ni château, ni rien qui lui coûte. Quand il vous aura accordé votre requête, demandez-lui cette roche avec la fontaine de Soif-Jolie, et à l'environ autant de place qu'un cuir de cerf peut comprendre et enclore. Il vous le donnera franchement.

« Quand il vous aura ceci accordé, prenez et faites que vous ayez bonnes chartres et lettres scellées du sceau de la comté ; quand tout ceci vous aurez fait, en vous venant vous trouverez un homme portant un cuir de cerf, achetez-le ce qu'il vous le fera, puis faites tailler ce cuir en des courroies le plus déliées qui se pourra, puis que les bouts soient bien rapportés ensemble; après, faites-vous délivrer votre terre ici, à une place que vous trouverez toute ordonnée.

« Allez et faites hardiment, mon amy, ne doutez de rien, car toutes les besognes seront bien faites. Quand vous aurez votre don, vos lettres et vos chartres, retournez à moi en cette place dès le lendemain.

« — Ma Dame, répond Raymondin, je ferai de tout mon pouvoir à votre plaisir. »

V

ÉTANT revenu à Poëtiers, Raymondin trouva hauts barons et comtes venus pour faire honneur et hommage au jeune comte Bertrans. Le lendemain tous ensemble vinrent à Saint-Hilaire de Poëtiers et là firent le service divin richement, à icelui service fut Bertrans en état de chanoine comme leur supérieur, et y fit son devoir comme il lui appartenait et comme il y était accoutumé.

La messe dite, en la salle du chapitre tous vinrent faire les hommages; ces choses finies, Raymondin se trait en avant et va dire humblement :

« Messeigneurs, nobles barons de la comté de Poëtiers, plaise vous entendre la requête que je veux faire à monseigneur le comte, si elle vous semble raisonnable, qu'il vous plaise le prier qu'il veuille me l'accorder. »

Les barons répondirent : « Volontiers nous le ferons. »

Tous s'en viennent ensemble devant le comte et premièrement commence à parler Raymondin :

« Très cher Seigneur, je vous requiers humblement, qu'en rémunération des services que je fis oneques à votre père, dont Dieu ait l'âme, qu'il vous plaise en votre bénigne grâce, à moy donner un don, il ne vous en coûtera guère, car sachez, Sire, que je ne veux vous demander ni ville, ni château, ni forteresse, ni autre chose qui vaille guère. »

Lors répond le comte : « S'il plaît à mes barons, il me plaît aussi. »

A donc ceux-ci dirent: « Sire, puisque c'est chose de petite value, vous ne devez pas le lui refuser, il le vaut bien, ayant son seigneur loyalement servi. »

Le comte leur va dire: « Puisqu'il vous plaît à me le conseiller, je l'accorde, qu'il demande hardiment. »

« — Sire, dit Raymondin, grand merci, je ne requiers d'autre don, fors que vous me donniez autour de la fontaine de Soif-Jolie, ès rochers et hauts bois, où il me plaira de prendre, tant de place qu'un cuir de cerf pourra s'étendre et en plus pour la clôture de tous les bois équarris.

« — Par ma foy, fait le comte en rigolant, le don est petit, je vous le donne franchement et vous ne devrez à moy, ni à mes successeurs, foy, hommage où redevance. »

Raymondin s'agenouille tête nue et le remercie, en le priant d'ajouter à ce don, bonnes lettres et chartres, lesquelles lui furent joyeusement accordées et faites du mieux qu'on put ; elles furent scellées du grand sceau du comte, les douze pairs du pays y mirent et y pendirent chacun le leur, en connaissance du don et pour l'affirmer raisonnable.

Lors tous se départirent de Saint-Hilaire et vinrent en la grande salle du château ; là commença la fête belle et grande, les seigneurs furent servis de plusieurs services et mets recherchés, il y eut mélodies de ménétriers et autres sons de musique et le comte donna de riches dons.

De tous ceux qui étaient là, on réputait qu'entre les autres, Raymondin était le plus bel, le plus gracieux et de la meilleure contenance.

Ainsi se passa la fête jusqu'à la nuit, que chacun s'en alla reposer jusqu'à la matinée que l'aube du jour apparut.

VI

E lendemain au matin, Raymondin alla ouïr la messe en l'abbaye de Moustier et pria Dieu dévotement de lui aider au salut de son âme, au profit de son corps et à celui de ce qu'il avait commencé et entrepris ; faisant sa prière, il demeura à l'église jusqu'à l'heure de Prime.

Après avoir entendu la messe, il sortit de l'abbaye et il trouva sur son chemin un homme qui portait un cuir de cerf sur son col, qui lui vint à l'encontre et lui dit :

« Sire, achèterez-vous ce cuir de cerf pour faire bonnes cordes chasseresses pour vos veneurs ?

« — Par ma foy, oui, répond Raymondin, que coûtera-t-il en un mot, tel qu'il est ?

« — Sire, vous en paierez cent sols, si vous le voulez.

« — Apporte-le en mon hôtel, dit Raymondin, et je te le paierai.

« — Volontiers », fut répondu et l'homme suivit l'acheteur jusqu'à son hôtel où lui fut, le cuir payé.

Après, Raymondin manda un sellier et ainsi lui ordonna :

« Mon amy, il faut que tu me tailles ce cuir en forme de courroies les plus déliées que tu pourras le faire et qui se tiennent ensemble tant longues qu'elles seront. »

Ainsi fit le sellier, puis il mit les courroies en un sac.

Ceux qui étaient commis à la délivrance du don étant prêts se départirent de Poëtiers avec Raymondin. Quand ils arrivèrent sur la montagne de Colombiers, ils aperçurent sur la roche, au-dessus de la fontaine de Soif-Jolie, qu'on y avait fait grandes tranchées et abattis d'arbres, ils se prirent à s'en émerveiller fort, car jamais ils n'avaient vu là arbres tranchés. Raymondin reconnut que la dame y avait ouvré, mais il se tut. Lorsqu'ils furent en la prairie, ils descendirent de leurs chevaux et jetèrent le cuir hors du sac.

Quand les livreurs virent les courroies si fines taillées, ne surent que faire. Sur ce, ils virent deux hommes vêtus de bure qui dirent en cette manière : « Nous sommes envoyés ici pour vous aider », et ils dévidèrent le cuir de la masse où l'avait enroulé le sellier et le portèrent au fond de la vallée au plus près du rocher, là plantèrent un pieu fort et gros, y lièrent un des bouts des courroies ; l'un des hommes avait un grand faix de pieux qu'il ficha de lieu en lieu autour de la roche, ainsi qu'il trouvait la tranchée faite, les autres suivaient en attachant le cuir aux pieux. En cette manière ils environnèrent la montagne ; quand ils revinrent au premier pieu, il y eut grand reste de cuir : pour achever ils tirèrent la courroie contre val la vallée, tant qu'il y en eut, et lors sourdit un ruisseau frais et clair.

Ceux qui avaient livré le cuir, furent moult ébahis, tant du ruissel qu'ils voyaient couler devant eux, que de la quantité de terre que le cuir du cerf avait enclos, car il marquait bien deux lieues de tour ; néanmoins ils livrèrent à Raymondin la terre, à lui donnée, selon le texte de la chartre ; aussitôt qu'ils l'eurent baillée, ils ne surent ce que devinrent les deux hommes vêtus de bure, qui étaient devant leurs yeux.

Lors se départirent pour s'en retourner à Poëtiers, où ils contèrent au comte et à sa mère la merveilleuse aventure.

Ainsi dit la comtesse à son fils :

« Ne crois jamais chose que je die, si Raymondin n'a trouvé quelque aventure en la forêt de Colombiers, car cette forêt en a eu de moult merveilleuses. »

Et le comte répond :

« Par ma foy ! Ma Dame, je crois que vous dites vrai, car de cette fontaine, ai ouï maintes aventures ; quant à Raymondin, je prie Dieu qu'il lui laisse en jouir à son honneur. »

Ainsi, qu'ils parlaient, Raymondin arriva et s'agenouilla devant le comte, en le remerciant de la courtoisie qu'il lui avait faite.

« C'est peu de chose, dit le comte, mais s'il plaît à Dieu, je ferai mieux au temps à venir ; or, mon amy Raymondin, on m'a conté grande aventure qui vous est advenue en la place qu'on vous a délivrée ; je vous prie affectueusement me dire la pleine vérité.

« — Par ma foy ! mon très cher Seigneur, si ceux qui ont été aver moy ne vous ont conté que ce qu'ils ont vu, ils ont bien fait. Il est vrai que le cuir du cerf a circuit environ de deux lieues et quant aux hommes vêtus de bure, lesquels ont aidé à mesurer, et aussi du ruissel qui a sourdi soudainement, tout est pure vérité.

« — Mais, reprend le comte, ceci est grande merveille, en bonne foy, Raymondin, il faut que vous ayez trouvé aventure ; je vous prie que vous la disiez comme vous la savez, pour nous ôter mélancolie ».

« — Je vous assure, Monseigneur, je n'y ai encore trouvé que bien et honneur, j'ai plaisir à hanter dans ce lieu, pour ce qu'il est reconnu aventureux, et j'ai espérance que Dieu m'y enverra ce qui me sera profitable, au corps et à l'âme ; mon très cher Seigneur, ne m'en enquerrez plus pour le présent, car rien de plus ne saurais bonnement que dire. »

Le comte se tut, car moult aimait Raymondin et celui-ci prit congé de son seigneur et de la comtesse.

VII

Raymondin, qui était moult amoureux de sa dame, partit sur l'heure tout seul de Poëtiers, pour s'en venir hâtivement en la forêt de Colombiers et descendit de dessus la montagne au val et vint à la fontaine où il trouva sa dame qui gentilement le reçut en cette manière :

« Bel amy à moy, vous commencez bien à tenir nos secrets, si vous persévérez à ainsi faire, il vous en viendra grand bien, tantôt vous vous en apercevrez et le verrez. »

Raymondin répond ainsi :

« Ma très chère Dame, je suis tout prêt d'accomplir à mon pouvoir tout votre plaisir, dès que le saurai.

« — Raymondin, mon amy, tant que vous ne m'aurez épousée, vous ne pouvez en savoir davantage ni ne devez revenir me voir en secret ; il faut qu'il en soit autrement, il convient que vous alliez prier le comte, sa mère et tous vos autres amis qu'il vous viennent faire honneur à vos noces, en cette place, au jour de lundy prochainement venant, afin qu'ils voient les noblesses que nous ferons, pour qu'ils ne soient pas en suspicion que vous soyez petitement marié et leur pouvez dire sûrement que vous prenez une fille de roy, mais plus avant ne vous découvrez pas, mais bien vous gardez, si vous est cher l'amour de moy.

« — Dame, dit Raymondin, ne vous en doutez.

« — Amy, continue la dame, n'ayez soins pour grands gens que amènerez, trétous seront bien reçus, bien logés et auront à bien vivre, eux et leurs chevaux ; allez, et ne doutez de rien. »

Raymondin et la dame s'entre-baisèrent, et lui s'en retourna à Poëtiers où il trouva le comte et grand foisons de barons du pays qui le bien reçurent et lui demandèrent d'où il venait et il leur répondit qu'il venait de s'ébattre. Quand ils eurent parlé d'une chose et d'une autre, Raymondin vint devant le comte et ainsi le pria :

« Très cher Seigneur, je vous supplie sur tous les services que je pourrais vous faire jamais, qu'il vous plaise faire à moy tant d'honneur de venir, le lundy prochain, à mes épousailles à la fontaine de Soif-Jolie, et qu'il vous plaise d'y amener votre mère, la chère dame, qui tant est noble dame clamée et toute votre baronnie pour nous faire compagnie.

« — Êtes-vous déjà si étrange, beau cousin Raymondin, dit le comte, que vous vous mariez, sans que nous en ayions rien su jusqu'à présent ? Pour certain nous croyions que si vous eussiez eu volonté de femme prendre, que nous fussions les premiers à qui vous dussiez avoir pris conseil. »

Raymondin dit :

« Seigneur, ne vous veuille en déplaire, car amours ont tant de puissance qu'ils font faire les choses ainsi qu'il leur plaît, je suis allé si avant en ce méfait que je ne puis reculer, et je pourrais le défaire, je ne le déferais pas.

« — Beau cousin, au moins dites-nous de quel lignage elle est ?

« — Cher Seigneur, vous me demandez chose que je ne peux répondre, en ma vie de ce jamais ne m'enquis.

« — Par ma foy, s'écrie le comte, Raymondin se marie et ne sait qu'elle femme il prend !

« — Monseigneur, dit celui-ci, puisqu'il me suffit, il doit vous suffire aussi : je ne prends femme pour vous faire noise, mais pour moy ; j'en porterai le deuil ou la joie, lequel Dieu plaira.

« — Vous parlez bien, Raymondin, je ne veux y voir noise : puisqu'il en est ainsi, je vous souhaite paix et bonne aventure et nous irons aux noces et y mènerons Madame, notre sœur et plusieurs dames et toute notre baronnie.

« — Très grand merci, Monseigneur, je crois que, quand vous verrez la dame que j'épouse, elle vous plaira bien. »

A tant laissèrent de parler de cette chose, puis tantôt fut temps de souper. Nonobstant, le comte pensait tout le temps à Raymondin et à sa dame, il se disait que c'était quelque fortune qu'il avait trouvée à la fontaine de Soif-Jolie. Après avoir soupé, tous parlèrent de diverses matières, puis s'en allèrent coucher.

Le lendemain le comte fit mander ses barons pour aller à la noce de Raymondin, et ils vinrent delivrement; il demanda aussi le nouvel comte de Forestz, l'ancien étant mort.

Pendant ces jours, la dame fit son appareil en la prairie de dessous la fontaine, il fut si grand, si noble, que Roy, en tout son état, y pouvait venir.

Le dimanche venu, chacun se prépara pour aux noces aller, la nuit passa et le jour apparut. Le jour vint. Le comte se mit en chemin, avec lui sa baronnie, sa mère, sa sœur, et une noble compagnie; tant vont ensemble parlant, qu'ils montèrent la montagne et virent les grandes tranchées qui avaient été faites soudainement et le nouveau ruisseau qui coulait abondamment.

Après ils voient, contreval la vallée, tant de pavillons très hauts et très grands, et de noble façon, puis aperçoivent foison de gens allant et venant pour les affaires de la fête : aval la prairie ils voient dames, damoiselles, chevaliers et écuyers en beaux atours, et aussi courir chevaux et palefroys à grande multitude; à contre val était cuisines fumantes où gens fourmillaient et faisaient grand travail.

Beaucoup disaient :

« Je ne sais ce qui adviendra en surplus, mais voici très beau commencement », et beaucoup pensaient : « c'est de la féerie ».

Quand le comte et sa compagnie furent descendus de la montagne, un chevalier ancien, orné d'une ceinture, riche à pierres précieuses et perles fines, monté sur un haut palefroy, noblement accompagné de douze hommes d'honneur, s'en vont joyeusement vers la route du comte de Poëtiers et premièrement trouva le comte de Forestz et son frère, sitôt que le chevalier ancien aperçut Raymondin, qu'il connut bien entre les autres, alla le saluer et lui dit :

« Monseigneur, faites-moy mener, s'il vous plaît, vers le comte de Poëtiers. »

Quand il fut devant le comte, le salua doucement et le comte lui va dire :

« Vous, soyez le très bien trouvé, or, dites-moy pourquoi vous me demandez?

« — Monseigneur, Ma Damoiselle Mellusyne d'Albanie se recommande à vous et vous remercie du grand honneur que vous faites à sire Raymondin, votre cousin et à elle-même, puisqu'il vous plaît de venir faire compagnie à leurs épousailles.

« — Par foy, dit le comte, vous pouvez dire à votre Damoiselle que nul remerciment n'est besoin, pour ce que je suis tenu de faire honneur à mon cousin.

« — Sire, répond l'ancien chevalier, vous dites votre courtoisie, mais notre Damoiselle est sage, pour savoir ce qu'on doit faire, et elle m'a envoyé à vous avec mes compagnons.

« — Sire chevalier, dit le comte, je ne croyais trouver logée près de moy Damoiselle de si grande affaire et qui eût tant de nobles avec elle.

Ainsi parlant, ils arrivèrent au pavillon. Le comte de Poëtiers fut logé au plus riche logis qu'il eût jamais vu ; après, chacun fut logé selon son état et disaient qu'en leurs propres hôtels ils n'étaient pas mieux.

Les chevaux furent mis ès grandes tentes et liés si à leur aise, auprès de mangeoires et râteliers, qu'il n'y eût varlet qui ne s'en louât.

VIII

APRÈS, vinrent la comtesse la mère au comte, Blanche sa fille, et leur compagnie. Mellusyne envoya au-devant d'elles l'ancien chevalier: avec lui, s'en allèrent plusieurs dames et damoiselles de haut état, pour bien venir la comtesse et sa fille et les menèrent loger en un pavillon de drap d'or battu et là elles furent reçues aux sons de mélodieux instruments.

Quand la comtesse fut reposée et habillée et aussi les dames et damoiselles qui étaient en sa compagnie, allèrent toutes en la chambre de l'épousée qui était tant belle que oneques elles n'avaient vu la pareille en leurs vies ; puis, commencèrent à s'émerveiller de la richesse de l'habillement de la damoiselle Mellusyne et la comtesse en soi-même, considérant, pensait qu'en tout le monde on ne pouvait trouver reine ou emperesse qui avaient d'aussi beaux joyaux.

Alors arrivèrent tous les seigneurs, le comte de Poëtiers et l'un des plus hauts barons, c'est à savoir le comte de Forestz, adressèrent l'épousée et la menèrent à la chapelle, où clercs, prêtres et prélats, dames, chevaliers et écuyers, noblement vêtus et parés, attendaient.

Nul ne saurait priser la richesse des parements qui étaient là, le plus étrangement ouvrés de fin or et de bordures de perles, que nul temps on n'en avait vus de pareils, comme aussi d'images de croix et de crucifix précieux.

Au milieu de dames et damoiselles de pleine beauté, Mellusyne était si bien atournée que tretous disaient qu'elle n'était point corps humain, mais corps angélique, tant elle paraissait douce, courtoise et bénigne.

Et ce fut un évêque qui les épousa.

Après le service divin, un chacun un petit peu se reposa, puis fut le dîner en un grand pavillon tout emmy la prairie. Les trompettes cornèrent et les ménétriers firent leur métier, puis après le repas fut le concert tant beau de hauts et de bas instruments, que même à Constantinople jamais ne fut fête aussi noble; tout le bois touffu en retentissait.

Le comte de Poëtiers emmena l'épousée et s'assit à côté d'elle, puis vinrent tous les gens nobles et l'on s'assit sans s'arrêter.

Et furent servis si appertement en vaisseaux d'or et d'argent que chacun s'émerveillait et quand un mets était ôté, l'autre était prêt si tôt, que tous se demandaient comment les serviteurs étaient de ce faire, si diligents. A coupe pleine les vins furent servis, vins de la Rochelle, de Thouars, de Beaune pour échauffer la cervelle : Claré, Romanie, Hypocras, chacun en avait et d'autres encore, et tous avaient ce qu'ils demandaient.

Les grâces dites, les tables enlevées, on servit les épices.

Plusieurs s'en allèrent s'armer et montèrent à cheval, et lors l'épousée et les dames furent montées sur échafauds, richement parés de draps d'or et d'argent.

Or commencèrent fort les joutes et jouta moult bien le comte de Poëtiers et le comte de Forestz. A tant vint Raymondin sur un destrier liart noblement atourné et de blanc tout couvert; au premier poindre qu'il fit, il abattit le comte son frère et fit tant qu'il n'y eût aucun chevalier qui ne le redouta et chacun disait que le chevalier aux blanches armes avait le mieux jouté.

La nuit approcha et la joute se départit, lors, s'en retournèrent les dames avec l'épousée et s'en allèrent en leurs pavillons et il ne demeura guère qu'il fut temps de souper: adonc s'assemblèrent à nouveau en la grande tente, se lavèrent, s'assirent à table et furent moult richement servis.

Le souper fini, les dames se retirèrent, ôtèrent leurs grandes robes, vêtirent plus courts habits et firent grande fête et furent les honneurs grands. Ceux qui étaient là s'émerveillaient du beau luminaire, de la musique et de la grande richesse qu'ils virent.

Quand il fut temps on mena l'épousée en son pavillon et l'évêque, qui avait Raymondin et Mellusyne épousés, bénit la chambre.

Chacun se départit, parce qu'il était déjà tard, mais d'aucuns veillèrent toute la nuit, chantant et dansant ; d'autres contèrent de beaux contes et de belles aventures et tous s'ébattaient pour bien passer le temps et d'autres allèrent dormir, jusqu'à ce que l'aube du jour apparut et vint le jour.

Quand tout le monde fut parti et les pans du pavillon joints, Mellusyne parla à Raymondin en cette manière :

« Mon très cher seigneur et amy, je vous remercie de l'honneur que m'a fait, ce jourd'hui, votre lignée et aussi vos amys, et de ce que vous célez si bien ce que vous m'avez promis en notre premier convenant : sachez pour certain, si vous le tenez bien, que vous serez le plus puissant de votre lignée ; si vous faites le contraire, vous et vos héritiers décherrez peu à peu de votre état et de la terre que vous tiendrez. »

Raymondin lui répondit :

« Ma chère Dame, ne vous en doutez mie, ça ne m'adviendra jamais. »

Mellusyne encore lui dit :

« Mon très cher amy, je me confie en votre promesse, je sais quand vous allâtes prier le comte de Poëtiers de vous faire honneur à la journée que je devais être épousée, il vous enquit de quel lignage j'étais ; vous répondîtes bien à point. Si notre convenant vous tenez, vous êtes sous une heureuse étoile né, mais si vous faussez votre serment, vous n'aurez qu'ennuis, adversités et peines. »

Raymondin prenant la main de Mellusyne dans la sienne, lui fait ainsi son serment :

« Ma douce amour, je vous garantis que tant que je serai en vie, je ne fausserai le convenant que je vous ai promis et encore vous le promets. »

IX

A fête dura quinze jours, en la fin le comte, la comtesse, toute la baronnie prirent congé, pour eux s'en aller, et lors Mellusyne convoya la Comtesse jusque outre sa terre et au départir donna, à la Comtesse, un riche fermail en or, à rubis et à diamants, et à sa fille un chapeau de perles à saphirs et à autres pierres précieuses. Elle donna tant aux grands et aux petits que nul en la fête ne fut oublié et disaient tretous que Raymondin était puissamment et vaillamment marié.

Après, Mellusyne prit congé de tous et s'en retourna en son pavillon.

Raymondin convoya le comte de Poëtiers et, en chevauchant leur chemin, celui-ci lui dit :

« Dites-moi, beau cousin, si faire se peut, de quel lignage est votre femme, quand le chevalier vint à nous de par elle pour nous loger, il nous remercia de par Ma Damoiselle Mellusyne d'Albanie : je vous le demande pour que nous en sachions la vérité, car par son état et maintient, il convient qu'elle soit issue de haut et puissant lieu ; la cause, qui me meut de le savoir, est que nous n'ayons point manqué de lui faire l'honneur qui lui appartient.

« — Par ma foy, Monseigneur, dit le comte de Forestz, tout ainsi était ma volonté. »

Raymondin, en entendant ceci, fut tout courroucé au cœur, car il aimait et prisait sa dame, autant qu'il haïssait toutes choses qu'il pensait lui déplaire et dit froidement :

« Plaise à vous, Monseigneur, et à vous, mon frère, qu'à vous deux, par raison naturelle, je ne devrais pas vous céler mon secret si c'était chose que je puisse dire. Sachez que je n'ai demandé ni enquêté qui elle était, mais vous en sais bien dire qu'elle est fille de roy terrien haut et puissant. Par le gouvernement et maintien que vous avez vu en elle, vous pouvez apercevoir, qu'elle n'a été nourrie ni en rudesse, ni en mendicité, mais en superfluité d'honneurs et largesses de tous bien et je vous requiers, comme à messeigneurs et amys, que plus n'en enquerrez. Telle qu'elle est, elle me plaît ; j'en suis très content et connais qu'elle est la source de mes biens présents et à venir, et je crois que c'est la voie première de mon heur, et le sauvement de moy.

« — Par ma foy, répond le comte de Poëtiers, de ma part je ne pense plus à vous enquêter, car, beau cousin, vous avez sagement mis en termes les honneurs, richesses et maintien de ma cousine, votre femme, et nous devons de nous-mêmes, concevoir qu'elle est de noble extraction.

« — Et, dit le comte de Forestz, quant à ma part, je ne pense plus à enquêter, car je tiens mon frère très bien épousé, selon mon avis. »

Raymondin prit congé d'eux aux portes de Poëtiers et s'en retourna à la fontaine de Soif-Jolie, où il trouva la fête encore plus grande que devant et foison de gens lui vinrent à l'encontre disant à haute voix :

« Monseigneur, soyez le bienvenu, comme à celui à qui nous sommes et à qui nous voulons obéir. »

Et à tant est venue Mellusyne, qui le trait à part et lui recorde toutes les paroles qui avaient été entre lui et les deux comtes et continue ainsi :

« Amy très doux, tant que vous tiendrez cette voie, tous les biens vous abonderons ; beau amy, demain nous donnerons congé à la plus grande partie de nos gens qui sont venus à la fête, car il nous faudra ordonner autre chose. »

Le lendemain au matin, Mellusyne départit ses gens, il y en eut quantité qui s'en allèrent et ceux qui lui plurent demeurèrent. Tantôt après, elle fit venir ouvriers et pionniers pour trancher et déraciner les grands arbres, fit faire la roche toute nette dessus, après fit venir maçons et tailleurs de pierre et fit bâtir le fondement tel et si fort en la roche nette que c'était merveille à voir et les ouvriers dessus dits faisaient tant d'ouvrage et si soudainement que tous ceux qui par là passaient, en étaient ébahis.

Et les ouvriers étaient payés sans nulle faute tous les samedys et tellement qu'ils avaient un denier de reste : ils trouvaient pain, chair et vin et toutes choses qui leur faisaient besoin ; personne ne savait d'où ces ouvriers étaient.

En brief temps fut la forteresse faite, non pas une seulement, mais deux fortes places avant qu'on pût aller au donjon et sont toutes trois environnées de fortes tours machicoulées avec toits aigus, les murs étaient hauts et bien crénelés, hauts et puissants avec poternes fortes à merveille ; vers le haut bois, la roche était si haute et si droite que nulle créature n'aurait pu y monter.

Quand l'ouvrage fut fait, la dame se logea en la forteresse et Raymondin fit crier une grande fête et y convia le comte de Poëtiers, tout son monde, et aussi le comte de Forestz et plusieurs autres nobles du pays et d'autres nations et aussi tant de dames et de damoiselles qu'elles devaient bien suffire à embellir la journée.

Tretous furent ébahis comment si grand ouvrage avait été fait en si peu de temps. La fête fut bien joutée et bien dansée et tous menèrent joyeuse vie et moult amoureusement furent assemblés.

Quand Mellusyne vit le bon point, s'adressa aux deux comtes et aux barons :

« Mes beaux et bons seigneurs, nous vous remercions de l'honneur que vous nous avez fait et je vous déclarerai à présent, pourquoi je vous ai fait venir : je vous ai ici assemblés pour avoir votre conseil : comment cette forteresse sera appelée pour qu'il soit mémoire comment elle a été fondée aventureusement.

« — Par ma foy, belle nièce, dit le comte de Poëtiers, nous voulons que vous-même lui donniez le nom qu'elle aura, car il n'y a pas, en nous tous assemblés, autant de sagesse qu'il y en a en vous seulement ; vous avez tant fait que d'achever si belle place, sachez que nul de nous ne se mêlera de le faire.

« — Cher Sire, reprend Mellusyne, vous avez gardé cette réponse pour moy rigoler, quoi qu'il soit, dites-moy votre intention.

« — Très belle nièce, vous-même sans autre, lui devez donner le nom à votre gré.

« — Ha ! ha ! Monseigneur, puisqu'il ne peut en être autrement, et que je vois qu'il est à votre plaisir que je lui mette son propre nom, or donc, elle aura nom Lusignan.

« — Ce nom, dit le comte, lui affiert bien, car tout premièrement vous êtes nommée Mellusyne d'Albanie autant dire « Comme Merveille », et cette place est fondée merveilleusement; secondement je ne crois pas que jamais tant qu'elle sera on n'y trouve autre que choses merveilleuses. »

Tous répondirent, en un assentiment, qu'on ne pouvait donner un nom qui mieux lui convienne, en cette opinion tous furent d'accord; le nom fut publié et, en peu de temps, fut su de tout le pays.

Encore, il est grand ce nom dont maints portent du fort le nom; et le bon roy de Chypre aussi en guerre crie : « Lusignan ! » et jusqu'au jour du dernier jugement ce fort ne perdra son nom.

Assez tôt, tous prirent congé et ainsi finit la fête très amoureusement.

X

COMMENT RAYMONDIN S'EN FUT CHEZ LE ROY DES BRETONS

EPUIS, Raymondin et Mellusyne se gouvernèrent très sagement, puissamment et honorablement; Mellusyne eut un fils en tout bien formé, excepté qu'il avait un œil rouge et l'autre pers. Il fut baptisé et on lui donna nom Geuffroy.

Adonc Mellusyne appela Raymondin et lui dit :

« Mon très doux compagnon et amy, je ne veux que tu laisses perdre l'héritage qui t'appartient et qui devrait t'être advenu par la mort de tes prédécesseurs en Bretagne, car Guérande et Pénicense doivent être à toi, ainsi que plusieurs places et marches en ce pays.

« Il te faut aller sommer le roy des Bretons, de te recevoir en droit comme il doit, et lui dire que ton père avait occis son neveu pour garder sa propre vie, à cause du doute dudit roy régnant alors, il n'avait osé se tenir au pays mais s'en était estrangé.

« — Il n'est chose que vous me commandiez que je ne fasse à mon pouvoir, car toutes vos œuvres ne tendent qu'à bien et à honneur, répondit Raymondin.

« — Amy, reprend la dame, c'est raison, puisque vous vous fiez à moy pour tout, que je vous dise la vérité : Votre père, par ses antécesseurs, doit avoir grandes choses en Bretagne. Or donc vous vous en irez d'ici tout droit à un beau fort qu'on appelle Quimegnigant, vous y trouverez un ancien chevalier qui fut frère de votre père et l'appelait-on Alain, votre père eut nom Henry de Léon, lequel en sa jeunesse fut âpre homme et de chaude colère, et ne doutait et ne craignait quoique ce fut.

« Cy advint pour ce qu'il était si habile que le roy l'aima et le fit son sénéchal, et croyait et usait en plusieurs choses de ses conseils. Ce roi avait un neveu, lequel, par l'introduction d'aucuns, avait envie sur Henry votre père et grande indignation, car ils lui firent accroire que le roy son oncle faisait son héritier d'Henry, et dirent à ce damoiseau : « Ha ! ha ! droit héritier de Bretagne, êtes-vous bien joué, et débouté de la noble contrée de Bretagne, certes, si vous vous la laissez ôter par la lâcheté de votre cœur, tout le monde dira : Voyez là, le fol qui, par sa fainéantise de cœur, s'est laissé déchasser de si noble pays et royaume ». Quand le neveu du roy entendit les mots d'iceux envieux, il cria : « Quel est celui qui pourrait me faire tort ? Il n'y a au monde homme que je craigne, je sais de vérité que mon seigneur oncle n'a d'autre héritier que moy.

« — Vous êtes mal informé de cette besogne, va dire l'un d'eux, car le roy a fait son héritier d'Henry de Léon, et les lettres en sont passées. »

« Quand le damoiseau, qui était fils de la sœur du roy, entendit ceci, il fut moult courroucé, car il était plein de feu de jeunesse et de hardiesse et ne voulait homme redouter, lors il répondit :

« — Sachez de certain que, si je savais que ces paroles étaient véritables, je mettrai remède si hâtivement que jamais Henry de Léon ne tiendrait ni terre ni possession. »

« Adonc un chevalier, nommé Josselin du Pont, lui répondit :

« — Par ma foy, il en est ainsi, et pour ce que nous ne voulons pas avoir autre roy que vous, nous vous en avisons ; cette chose a été faite secrètement afin que vous ne puissiez le savoir ; nous tous qui sommes ici, nous y fûmes présents avec plusieurs autres, demandez à mes compagnons si je ne dis la vraie vérité. »

« Tous crièrent d'une commune volonté à haute voix :

« — En vérité, Monseigneur, c'est la pure vérité.

« — Beaux seigneurs, dit le jouvencel, c'est trop grande trahison, Henry de Léon en sera bien payé ; allez à votre affaire, je ferai grande diligence, telle qu'il ne m'ôtera pas mon héritage. »

« Ils s'en allèrent tout joyeux, ne sachant pas à quelle perte votre père tournerait, mais ils pensaient bien le faire détruire.

« Le lendemain au matin, le neveu du Roy s'arma et aguetta votre père en
un petit bois. Henry ne pensait à rien; comme celui-ci s'en allait à son ébatte-
ment, en-dessous de Léon, le damoiseau lui crie ainsi à mort :

« — Faux triste, me veux-tu prendre mon héritage? »

« Ce disant tire l'épée et croit férir votre père parmi le corps, mais il tressaillit; au passer que fit le jouvencel. Henry de Léon lui ôta l'épée de la main :
lors le neveu du roy tira un petit couteau aigu dont il croit le férir, votre père
dépassa et lui donna du pommeau de l'épée un si grand, si fort coup en la
tempe. La coiffe de fer qu'il avait sur la tête, n'étant pas si forte qu'on pourrait
bien dire, fut traversée, et il rua le damoiseau contre terre, tout mort.

« Quand votre père avisa et connut qui c'était, il en fut moult dolent, s'en
vint à l'hôtel, prit toute sa finance et vint en la comté qu'on appelle maintenant
Forestz, où il trouva grande aide et confort en une dame, qui, si bien, lui aida
à son premier gouvernement qu'il la prit à mariage et elle était sœur de celui
qui pour lors gouvernait la comté de Poitou, et d'elle eut plusieurs enfants des-
quels vous êtes un. »

Et continua encore Mellusyne :

« Bel amy, or vous ai dévisé comment votre père partit et laissa tous ses
héritages vacants, ils doivent être vôtres et vous ne devez pas les laisser perdre,
sachez que vit encore Josselin du Pont qui gouverne toute votre terre de Léon,
et il a un fils.

« Or, il vous faut aller devers votre oncle Alain de Quemignigant et vous
vous ferez connaître à lui; il a deux fils vaillants et sages qui sont vos cousins
germains. Par l'un de ces frères appelez Josselin du Pont devant le Roy, et mettez
de fait comment il fit la trahison au neveu du roy, vous desconfirez le père et
le fils; votre terre lors vous sera adjugée par les pairs du pays.

« Allez, mon très doux amy, et ne craignez rien, car certainement Dieu
vous aidera en toutes affaires qui seront vraies et justes. »

Raymondin s'en partit à grande compagnie de chevaliers et écuyers jusqu'au
nombre de deux cents gentilshommes, et chacun avait la cotte d'acier, le pan,
la pièce et les harnays de jambes, et les pages portaient les lances et les bassines.

Tant chevauchèrent ensemble, qu'ils vinrent en brute Bretagne et fort
s'ébahissait le peuple de ce que ces gens venaient quérir en leur pays, mais se

rassuraient, car ils payaient bien et largement, en disant qu'ils ne voulaient que leur faire du bien, et l'ancien chevalier de Mellusyne gouvernait toutes les dépenses.

Toutes fois le roy de Bretagne sut que des gens armés allaient en son pays et ne savait que penser, il envoya deux chevaliers devers Raymondin savoir ce qu'il quérait ainsi en son royaume, adonc les chevaliers vinrent sagement devers Raymondin et celui-ci leur dit :

« Beaux seigneurs, je ne viens fors que pour bien, pour avoir droit en la cour du Roy et je demanderai selon la raison que le Roy et son conseil verront que j'ai, et qu'il leur semblera juste; assez brièvement m'en irai-je devant Sa Majesté pour me complaindre selon que je crois, le droit avoir.

« — Soyez le très bien venu, répondirent les chevaliers, puisque vous venez pour juste chose, et sachez que le roy vous fera droit; mais dites-nous, s'il vous plaît, où vous voulez aller d'ici.

« — Je voudrais aller à Quemignigant.

« — Adonc, dit l'un des chevaliers, vous êtes bien au chemin, il n'y a pas plus de cinq lieues, vous y trouverez Alain de Léon et ses deux fils chevaliers, qui vous feront très bonne chère; tenez ce chemin, vous ne pourrez faillir, et nous allons à votre congé.

« — Beaux seigneurs, me veuillez très humblement recommander au Roy, allez à la garde de Dieu, qu'il vous conduise sûrement, dit Raymondin. »

Quand les deux chevaliers eurent allongé d'une lieue, se vont dire l'un à l'autre :

« Par foy! voilà d'honorables gens, allons à Quemignigant avant eux et contons leur venue à Alain. »

Lorsque Alain sut la venue de Raymondin, appela son fils aîné Alain et son cadet Henry, et leur commanda :

« Mes enfants, montez à cheval et allez au-devant de ces étrangers, et les saluez honorablement et les faites très bien loger. »

Tant chevauchèrent ensemble les deux frères qu'ils encontrèrent Raymondin et le prièrent, de par Alain, qu'il vienne loger au fort.

Celui-ci ainsi les remercia :

« Beaux seigneurs, à votre requête j'irai par devers votre père pour lui faire la révérence, et j'ai grande volonté de le voir pour la courtoisie que vous m'offrez. »

En disant ces paroles et autres vinrent près de la ville et au fort ; le sire de céans qui savait leur venue, s'était fait amener à l'entrée de la porte : quand Raymondin le vit, il connut que c'était Alain, il le salua, puis tous allèrent souper.

Quand ils eurent soupé, Alain prit Raymondin par la main et le mena s'asseoir sur une couche, pour deviser entre eux, et lors le seigneur de céans, qui était subtil homme, mit Raymondin en paroles :

« Sire chevalier, j'ai grande joie de votre venue, car vous ressemblez assez à un mien frère qui se partit de ce pays, il y a bien quarante ans, pour une noise qu'il eut avec un neveu du roy qui lors régnait en ce pays, et comme il me semble que vous retirez d'après mon frère, je vous en vois plus volontiers.

« — A donc, Sire, va dire Raymondin, très grand merci et je crois avant que je me déparle d'avec vous, que je vous ferai tout certain pour quelle cause l'inconvénient advint entre votre frère et le neveu du roy, et ne suis venu ici pour autre chose, que pour en montrer publiquement la pure vérité. »

Quand Alain ouït ces paroles, fut moult ébahi et se prit à regarder Raymondin fort âprement et dit :

« Comment se pourrait-il faire ? vous n'avez pas trente ans, vous ne pouvez m'accointer de ce fait que nul ne peut savoir car, quand le coup du méfait advint à mon frère, il partit si soudainement que ni moy, ni autres n'en ouïmes oncques depuis nouvelles.

« — Sire, répond Raymondin, dites moy, s'il vous plaît, vit-il encore nul homme en ces marches qui, pour le temps que votre frère était en ce pays, fut à la cour en autorité ?

« — Si fait, il n'y en a qu'un et celui-là même qui tient l'héritage de mon frère, car le roy ancien lui donna l'héritage de mon frère et la succession sera à un fils qu'il a, qui est chevalier.

« — Par ma foy ! dit Raymondin, je sais comment il a nom.

« — Et comment le savez-vous ?

« — Sire, reprend Raymondin, il est nommé Yvon, et son père, lui, est Josselin du Pont.

« — Vous dites la vérité, sire chevalier, or comment pouvez-vous le savoir ?

« — Sire, dit Raymondin, vous n'en saurez plus de moy, mais s'il vous plaît, vous viendrez m'accompagner, vous et vos enfants, à la cour du roy ; sachez que là je déclarerai querelle si clairement, que vous en serez tout joyeux, si vous aimâtes votre frère Henry de Léon. »

Quand Alain l'entendit, fut moult ébahi, il croyait que son frère était mort depuis si grand temps, que nul n'en avait gardé mémoire ; il pensa longuement sans mot dire, puis il répondit :

« Sire chevalier, je vous accorde votre requête, je vous accompagnerai à la cour. »

Alain manda grand'foison de ses amis et ils se mirent tous en grand état.

Le mardi devant la Pentecôte, le sire de Quemegnigant fit crier à la trompette que chacun apprêta son harnais et s'en partit chacun dessous sa bannière, au tiers son de la trompette, et qu'ils le suivissent en bonne ordonnance, et ainsi fut fait.

Les deux chevaliers étaient retournés et avaient conté au Roy la réponse de Raymondin et le grand état dans lequel il venait.

Quand le Roy sut leur venue, manda à Nantes une grande partie de sa baronnerie, entre les autres barons ; il avait mandé Josselin du Pont pour avoir son conseil, car il le tenait pour moult sage.

L'ancien chevalier arriva par devant et fit tendre à Nantes tentes et pavillons et tout appareiller richement pour Raymondin loger, et les gens de la ville s'ébahissaient des pourvoyances qu'il faisait. Puis vinrent Raymondin, Alain et ses deux fils ; ils s'habillèrent pour aller devers le Roy et lui faire la révérence et partirent des tentes, noblement montés et parés ; quand ils entrèrent dans la salle où était le Roy, elle était toute remplie de noblesse.

Quand les révérences furent faites, le Roy les reçut joyeusement, il appela Alain pour lui demander :

« Alain, je me donne merveille de ce chevalier étrange, de qui vous êtes accointé et de ce qu'il cherche en ce pays.

« — Ha ! ha ! Sire, dit Alain, je suis plus émerveillé des paroles qu'il m'a dites, mais nous serons éclairés de ce que nous devons savoir. »

Lors Raymondin demandait à Alain, l'aîné fils :

« Chevalier, dites-moy, par courtoisie, si un, qu'on appelle Josselin du Pont, n'est pas ici. »

« — Oui, sire Raymondin, et plut à Dieu que je l'eusse occis, car il tient l'héritage d'un mien oncle, que nous eussions dû avoir; voyez-le, c'est celui qui est le plus près du roy et sachez pour de vrai, que c'est le plus plein de mauvaise malice qui soit en dix royaumes, là, voyez aussi son fils Yvon.

« — Par ma foy, dit Raymondin, vous en serez bientôt vengé, s'il plaît à Dieu. »

Et s'en vient devant le roy en disant telles paroles.

« Haut Sire et puissant Roy, il est vérité que renommée court par tout pays, que vous êtes si noble et raisonnable que votre cour est droite fontaine de justice et que nul n'y vient auquel vous ne donniez droit selon qu'il lui est dû.

« — Sire chevalier, c'est vrai, répond le roy, mais pourquoi le dites-vous? Je voudrais bien le savoir.

« — Sire, c'est pour le faire à savoir à Votre Majesté, que je suis venu, mais avant que je vous le dise, Sire, vous me promettez que vous me ferez droit; ce que je dirai est en partie pour votre bien, profit et honneur, car Roy qui est accompagné de traîtres n'est pas bien logé, ni bien assuré.

« — Par ma foy! dit le roy, je vous jure que je vous ferai raison et justice, selon le bon droit que vous aurez.

« — Cent mille mercis, Sire, vous dites paroles comme vaillant Roy et prud'homme, car Votre Majesté est premièrement établie pour tenir justice.

« A donc, noble et puissant Roy, ce fut au temps de votre prédécesseur que Josselin du Pont et Alain de Quemegnigant, qui sont ici présents à votre face étaient jeunes. Or, avait le Roy, que je vous dis, un beau et noble jouvenceau de neveu. Il y avait aussi un baron en ce pays appelé Henry de Léon qui fut frère d'Alain.

« — Par ma foy! Sire, crie Josselin, c'est vérité, et Henry occit le neveu du roy en trahison et s'enfuit du pays, onques depuis n'en ouït-on aucunes nouvelles, lors le roy me donna sa terre qu'il avait forfaité. »

Adonc le roy dit:

« Nous avons ouï de ces matières, mais laissez ce chevalier parfaire la raison qu'il avait commencée.

« — Sire Roy, reprend Raymondin, il a bien raison d'en parler, car plus avant en conviendra, qu'il a failli à dire vérité: il sait la querelle pour ce qu'elle fut, car il n'y a plus homme vivant que lui, dites-lui qu'il en dise la pleine vérité tout haut, Sire, s'il vous plaît. »

Quand Josselin entendit ceci fut ébahi et répondit ainsi :

« Sire chevalier, êtes-vous venu en ce pays pour advenir sur moy. »

Raymondin répartit vivement :

« Par foy ! faux triste, vous ne devinez pas que vous dites la pleine vérité. »

Et se tournant vers le roy :

« Sire, Henry de Léon fut hardi chevalier, courtois et bien moriginé et l'aimaient moult bien, le roy et son neveu: or, advint que plusieurs tristes étaient en la cour, de qui, Josselin, qui c'y est, était l'un. Il fut lui, le droit chef du méfait que pour lors ils firent, car ils vinrent dire au neveu du roy :

« Damoiseau, nous sommes courroucés de votre grand dommage et honteuse perte, quand vous serez déshérité de votre pays de Bretagne. »

« — Comment se pourrait-il, fit le jouvencel, le Roy n'a pas d'autre héritier que moy. »

Lors, Josselin du Pont, que vous voyez ici, a menti en cette manière :

« Sachez que le roy a fait son héritier d'Henry de Léon et que les barons du pays ont scellé de leurs sceaux, les lettres passées, et aussi y est le grand scel du roy. » Tous affirmèrent par serment que c'était vrai et de quoi le jouvenceau commença à être moult dolent et Josselin lui proposa :

« Si vous avez en vous hardiesse de vous venger, du tort qu'on vous a fait, nous vous y aiderons. » Et voyant que le damoiseau en avait le cœur et la volonté, il continua :

« Or, allez vous armer et mettez-vous en tel état qu'on ne puisse vous connaître, nous vous attendrons au dehors de la ville et nous vous mènerons en tel lieu que vous pourrez vous venger à votre aise. »

« Noble et puissant Roy, je n'ai plus à me céler puisque je suis en cour de justice et que je vois mon ennemi devant moy : car je suis fils d'Henry de Léon. »

Le Roy et tous furent ébahis, mais tous se turent.

Lors Raymondin reprit la parole :

« Mon père avait pris congé du Roy et s'en était allé en son pays, il avait coutume de s'ébattre tous les matins en un petit bois qui joint la forteresse de Léon, et aimait à y dire ses heures tout seul ; ce faux Josselin et ses complices amenèrent le neveu du roy et le mirent en embûche et quand mon père vint à cette heure, il dit au damoiseau :

« Il est temps de vous venger, il ne peut vous échapper, car il est sans armes, ni couteau et si nous voyons que vous ayez besoin d'aide, tous nous vous aiderons. »

« Le jouvencel, épris de volonté colère, et échauffé de félonie, s'en vient vers Henry, mon père, l'épée toute nue par la poignée tenant, en lui criant : « A mort, faux triste, faux déloyal », et croit férir Henry d'estoc parmi le corps, mais il tressaillit et faillit à asséner le coup droit ; mon père saute dessus celui qui veut le meurtrir, lui ôte par grande force l'épée des mains, lors le damoiseau tire un petit couteau, en férit mon père par la cuisse ; quand mon père se sentit féru et voit le sang dégoutter de la plaie, férit le jouvencel du pommeau de l'épée en la tempe, un très grand coup, car Henry de Léon était fort et adroit chevalier.

« La coiffe de fer du damoiseau était faible et mal sûre, et le pommeau de l'épée moult pesant et l'aventure fut telle que mon père le rua mort étendu sur la terre.

« Quand Henry vit le corps gisant et ne se mouvant pas, il découvrit le visage et reconnut le neveu du roy, il considéra en soy-même que cette affaire ne venait pas seulement du jouvencel mais aussi d'autres, pour mauvaise détraction de trahison il n'osa pas rester dans le pays, et s'en alla en un lieu où il conquit du pays assez, là y prit pour femme, la sœur du comte de Poëtiers, qui fut ma mère.

« Lors Josselin et ses compagnons firent une bière de perche et portèrent devant le roy le corps de son neveu et lui dirent : « C'est Henry de Léon qui l'a occis par trahison. »

« Noble Roy, c'est ainsi que fit le faux triste Josselin, s'il dit que non, je présente mon gage pour lui faire connaître sa fausseté et sa mauvaise gueule et, Sire Roy, je ne fais pas ceci par avarice pour garder mon héritage, mais pour éclaircir la vilenie que lui et ses complices firent pour chasser mon père de son pays. »

Quand le roy des Bretons aperçut que nul ne répondait à ses paroles racontées en sa présence, dit si haut que chacun pouvait ouïr :

« Josselin, êtes-vous sourd ? Ce chevalier apporte une nouvelle moult étrange, avisez-vous vite de répondre, car il en est bien besoin. »

Or, répond ainsi Josselin :

« Sire Roy, je ne suis celui qui doive répondre à telle chose, ce chevalir ne fait que mentir.

« — Le menteur c'est vous, crie Raymondin, et je vous requiers, noble Roy, que vous me fassiez bonne justice selon le droit de la raison, soit de moy ou de lui.

« — Josselin, il faut que vous répondiez à ceci », dit le roy.

Lors Yvon, fils de Josselin se trait en avant et dit :

« Ce chevalier a si grand peur qu'il tremble et je crois qu'il pense prendre les grues en volant, il faudra bien qu'il fasse bataille, car je la prends. »

Lors le roy donna journée à la requête de Raymondin au jour qu'il lui plairait d'assigner ; comme la murmure était entre les gens, le roy qui était sage, pour ce que les parties étaient de haut lignage, et pour qu'aucun inconvénient n'en advienne, envoya soudainement fermer les portes afin que personne n'entre ou ne sorte et fit garder les issues par des gens bien armés, puis se retira avec son conseil à part et ils lui conseillèrent ce qu'il y avait à faire.

Lors retourna le roy en la salle et fit-on commandement de par lui, sous peine de la hart, que nul ne fut si hardi de sonner mot, et ainsi parla le roy :

« Or, entendez, vous qui m'écoutez, cette querelle n'est pas petite, car c'est pour la vie et déshonneur à toujours d'une partie, et je ne veux refuser à faire droit en ma cour. Yvon, voulez-vous défendre votre père de cette trahison?

« — Certainement, Sire.

« — Adonc continua le roy : les lices sont ouvertes et appareillées et pour ce j'ordonne la bataille, sachez que si vous êtes déconfits vous et votre père n'échapperez pas que vous soyez tous deux pendus par la gorge. »

Lors ordonna à Raymondin :

« Sire chevalier, baillez otages. »

Alain et ses deux fils se mettent en avant et bien jusqu'à quinze chevaliers.

« Sire, crient-ils, nous le pleigeons.

« — Il suffit, dit le roy, chevalier, je ne vous tiendrai pas en prison, car vous n'eussiez fait cette entreprise, pour ne la vouloir pas achever. »

Et Raymondin s'en départit avec son oncle et ses cousins à son pavillon et alla, le soir, veiller en la maîtresse église, où il fut un grand espace de temps en dévotion.

Yvon alla en son hôtel et fit mettre en point son harnais et son cheval.

Le lendemain au matin, tous ouïrent la messe et puis s'en vont armer.

A l'heure annoncée le Roy et les Barons montèrent sur hauts échafauds environ les lices et furent les gardes du champ bien établis et les chaires mises à droite.

Environ à l'heure de Prime vint Raymondin à noble compagnie, armé richement, l'écu au col, la lance sur le côté, la cotte d'armes vêtue, brodée d'argent et d'azur et entra en lice, monté sur un grand destrier liart bien armé jusqu'à l'ongle du pied, comme gage de bataille; puis fit sa révérence au roy et à tous les barons. Et chacun pensait : il y a longtemps que nous vîmes aussi bel homme en armes et de si fière contenance. Raymondin descendit dessus le destrier aussi lestement que s'il n'était pas armé et s'assit dans la chaire.

Après vint Yvon, très bien et richement armé, monté sur un beau destrier et venait aussi Josselin sur un palefroy gris; tous deux firent la révérence comme ils devaient et Yvon descendit vitement.

Les saintes Évangiles furent apportées, Raymondin jura que Josselin avait mauvaise cause, après s'agenouilla, baisa les Écritures et se rassit en sa chaire. Puis Josselin vint jurer, mais pour baiser les Évangiles, il chancela tellement qu'il n'y put toucher; Yvon aussi jura et retourna s'asseoir.

Tantôt, cria un héraut à haute voix, de par le roy : que nul ne fut si hardi sous peine de hart, qui parla mot, ni fît signe aucun, que put un des champions entendre ou apercevoir.

Lors chacun vida la place, fors tant seulement ceux qui furent commis à garder le champ.

Adonc monta Raymondin à cheval, et prit la lance, d'autre part monta Yvon vitement et prit sa lance au fer tranchant, puis cria un héraut trois fois :

« Laissez aller vos chevaux et faites votre devoir. »

Le cri fait, Raymondin mit le bout de sa lance en terre, la coucha sur le col du destrier, et fit le signe de la croix, ce faisant son ennemi l'aperçut, pique des éperons son cheval, qu'il a en main comme à désir, et va férir Raymondin, avant que celui-ci puisse s'en donner de garde; à se faire il mit toute sa force, Raymondin n'en ploie pas l'échine, la lance d'Yvon froisse jusqu'au poing et de la force du coup, celle de Raymondin choit par terre.

« Ha ! triste, crie celui-ci, tu suis bien la très fausse lignée dont tu sors, mais cela ne te vaudra mie. »

Et il prend l'étrier qui pend à l'arçon de sa selle, lequel avait trois pointes bien acérées chacune de sept pouces de long, au tourner après le coup qu'Yvon croyait faire, Raymondin lui férit sur le bassinet l'éperon, une des pointes entrecoupe la visière et l'un des clous de la maisselle se rompt, Raymondin tire à lui tellement que tout le visage d'Yvon est à découvert, la visière demeure pendant d'un côté; néanmoins il tire l'épée et fait bien contenance de chevalier, qui petitement redoute son ennemi; en ce parti combattèrent fermement et s'entredonnèrent de grands coups. A la fin Raymondin descendit à pied, prit sa lance qui gisait par terre et vint le grand pas vers son ennemi, lequel, au mieux qu'il pouvait, se détournait et le faisait aller après lui parmi le champ, car il avait son cheval bien en main, il croyait de telle manière lasser Raymondin et qu'il le ferait arrêter, ou que la journée se passerait.

Mais Raymondin s'avise et vient à son cheval resté en aval le champ, prend le destrier à une main, en l'autre la lance et s'en vient pas pour pas à son ennemi. Quand Yvon le voit s'approcher il ne sait en quelle manière son adversaire va l'accueillir, il point son cheval en sursaut et croit venir heurter Raymondin à mi-corps, mais celui-ci, derechef jette l'étrier par grande force et atteint le cheval au front si violemment, que le gauffrain fut effondré dans la tête du cheval qui, par le coup, cède des jarrets de derrière. Au dresser que le destrier fait par le point des éperons qu'Yvon lui fait sentir, Raymondin le férit de la lame en plein corps, et si tellement qu'il le jette par terre de l'autre côté du destrier, avant qu'il puisse se relever, Raymondin lui met le genou sur le ventre et la main gauche au col et ainsi le tient en telle détresse qu'il ne peut se mouvoir, puis il lui crie :

« Rends-toy, faux triste ou tu es mort.

« — Par ma foy, dit Yvon, j'aime mieux mourir de la main d'un si vaillant chevalier comme vous êtes que d'autre main. »

Lors Raymondin prend pitié de lui et lui demande, sur le péril de son âme, s'il ne savait rien de la trahison de son père, et Yvon répond :

« Je n'étais pas né au temps qu'il advint, mais je tiens mon père pour preux homme, loyal et non coupable d'icelui fait. »

Quand Raymondin l'ouït en est si courroucé, qu'il le bat aux tempes du poing à tout le gantelet et le fait si étourdi, qu'Yvon ne voit, n'ouït et ne sait plus chose qu'on lui fait ; lors se lève Raymondin qui le prend par les deux pieds, le traîne jusqu'aux lices et le boute dehors, puis s'en vient devant l'échafaud du Roy, la visière levée et demande :

« Sire, ai-je fait mon devoir ? S'il y a autre chose à faire au regard de votre cour, je suis prêt à le faire.

« — Sire chevalier, vous vous êtes bien acquitté », répond le Roy.

Et il commande que Josselin et son fils soient pendus, ceux à qui l'ordre est donné vont sans délai saisir Josselin, qui crie au roy piteusement merci :

« Sire, prenez-vous pitié de moy, s'il vous plaît ; céler ne vaut rien, la vérité est en la forme que le chevalier a dite et sachez que lors mon fils Yvon n'était pas né. »

Lors Raymondin s'avance pour dire :

« Sire, je vous remercie tant comme je le puis de votre bonne justice et je vous prie par pitié et miséricorde, qu'il vous plaise donner à moy la vie d'Yvon, vu la vaillance à lui et aussi considéré qu'il n'a coulpe en la trahison, ce serait dommage de sa mort ; quant est du père, pour ce qu'il est vieil et faible, s'il vous plaît, à lui faire grâce, Sire Roy, je vous en requiers de bon cœur. »

Lors dit le roy à ses barons :

« Beaux seigneurs, voyez la franchise de ce chevalier, qui prie que je donne répit de la mort à ses ennemis, mais par la foy que je dois à l'âme de mon père, Josselin ni son fils ne me feront jamais trahison, ni ne me chasseront jamais nul homme de mon pays. »

Tantôt le roy fit pendre Yvon et Josselin et donna toute ses terres à Raymondin et aussi lui rendit celles d'Henry de Léon.

Raymondin fut grandement festoyé par le roy et les barons de Bretagne. Au départir il supplia le Roy de donner la baronnie de Léon à Henry son cousin :

« Sire Roy, je vous prie d'accorder l'héritage de mon père, à qui Dieu

fasse merci, à Henry mon cousin, ç'y aura la terre encore le **nom** de son droitu-
rier seigneur.

« — Puisque il vous plaît, répondit le roy, il nous plaît aussi. »

Et il appela Henry qu'il aimait bien :

« Henry, recevez la baronnie de Léon que votre cousin vous donne et
m'en faites hommage. »

Et ce fut fait.

Raymondin prit congé du roy avec Alain son oncle et ses deux cousins, et
vont chevauchant avec tous les leurs vers Léon; l'ancien chevalier s'en était
déjà parti devant.

Quand vint la compagnie, elle se logea au château et au bourg et quand
le peuple du pays sut que celui qui était fils de leur propre seigneur était
venu, fut moult joyeux et lui firent de beaux présents selon l'usage du pays,
comme de vins, bestiaux, poissons, avoine et moult autres choses, et les gens
étaient joyeux, puisqu'il ne plaisait pas à Raymondin de demeurer, ni de tenir
la terre, qu'elle était échue à Henry, de la lignée de leur ancien seigneur, et
avaient bonheur d'être hors de la sujétion de Josselin. Raymondin les remercia
gracieusement de leurs présents et leur pria et commanda qu'ils fussent bons
et loyaux sujets à Henry, et ils lui dirent qu'ainsi feraient-ils.

Tantôt Raymondin, avec ses cousins, s'en alla en la terre de Guérande, qui
était de Josselin; là ils trouvèrent une haute forêt non habitée, où il y avait
foison de sauvages bêtes, comme biches, daims et porcs et d'autres bêtes assez;
Raymondin choisit le lieu où il voulait fonder une prieuré tout à côté du haut
bois, près d'où étaient plaines, prairies et rivières, et dit Raymondin à ses
cousins :

« Beaux sires, faites ici fonder la prieuré, prenez tant de place qu'il y faudra,
je vous abandonne la forêt pour le bois y charpenter; quand les moines y
seront établis, je leur en donne pour leur user et pour tous leurs adhérents
et habitants; je leur abandonne la pêche en mer qui est à un quart de lieue et
leur donne permission de prendre oiseaux et bêtes sauvages et je leur abandonne aussi les terres arables, qui sont environ tout autour d'une lieue. Je
vous enjoins que la prieuré soit de dix-huit moines de la Trinité, de la bien
renter pour qu'ils chantent à toujours pour l'âme de mon père, pour celle du

neveu du roy et aussi pour celles de ceux qui sont trépassés en cette folle entreprise de trahison. »

Et de tout ceci leur fit bonnes lettres.

Les deux frères firent tôt venir les maçons et charpentiers, en peu de temps l'église fut faite, la prieuré achevée. Alors mirent moines blancs religieux jusqu'à dix-huit personnes, qui portent en leur habit une croix azurine.

Tant demeura Raymondin en le pays de Guérande qu'il mit le pays en paix, aussi fit mettre d'accord les voisins barons qui, ensemble, avaient grandes discussions, et fit tant qu'ils devinrent bons amis. Puis Raymondin donna le reste des terres de Josselin à Alain, son cousin l'aîné.

Raymondin prit congé de son oncle, de ses cousins et de toute la lignée, et furent tous moult dolents de son département.

Raymondin partit s'éjouissant, car moult lui tardait de revoir Mellusyne.

XI

NTRETEMPS que Raymondin fut en Bretagne, Mellusyne fit bâtir le bourg de Lusignan et édifier fortes tours drues et machicoulées, fit faire autour, fossés et profondes tranchées, fit aussi bâtir entre le bourg et le château une grosse tour de tuiles sarrazinoises à fort ciment, et étaient les murs de la tour bien de seize à vingt pieds d'épée, elle la fit faire si haute que les guetteurs qui étaient dedans, voyaient bien de tous côtés, quand ceux-ci voyaient quelque chose apparaître, ils trompaient avec trompes, ce pourquoi la dame fit nommer cette tour, la Tour Trompée.

A tant chevaucha Raymondin qu'il vint au-dessus de Lusignan. Il aperçut le bourg clos de hauts murs et grosses tours drues, et les fossés bien profonds, tous taillés de pierres de taille, et vit la grosse tour entre le bourg et le fort qui le surmonte de la hauteur de plus d'une lance et il commença à ouïr les trompettes qui trompaient de plus en plus.

« Comment! dit Raymondin à l'ancien chevalier, que peut ceci être? Il me semblait que j'avais failly de venir à Lusignan et encore me le semble-t-il? »

Adonc commença l'ancien chevalier à rire et Raymondin lui va dire :

« Comment, sire chevalier, vous truffez-vous de moi? Je vous dis pour certain que, si ce n'était le bourg et la grosse tour que je vois, je croirais être à Lusignan.

« — Tantôt vous pourrez vous y trouver à grande joie, répond l'ancien chevalier.

Les queux, les varlets et les sommeliers, qui étaient allés devant, avaient annoncé la venue de Raymondin à Mellusyne; combien qu'elle crut, elle n'en fit pas semblant, mais tantôt elle fit apprêter et appareiller tout le peuple et les fit aller à l'encontre de leur seigneur; elle-même y alla à grand'foison de dames, damoiselles, chevaliers et écuyers.

Quand Raymondin vit arriver, du fond de la vallée, les gens deux à deux, il s'émerveilla fort.

Quand ils s'approchèrent, ils s'écrièrent tous :

« Ha! ha! bien soyez venu, Monseigneur. »

Lors, connut Raymondin plusieurs d'entre eux, et demanda :

« D'où venez-vous? »

« — Monseigneur, de Lusignan. »

Dit Raymondin : « Y a-t-il guère d'icy?

« — Par foy, Monseigneur, vous ne le connaissez pas, pour ce que Madame a fait faire ce bourg et cette tour depuis que vous en partîtes, et voyez le char où elle vient à l'encontre de vous. »

Raymondin ne dit pas ce qu'il pensait, mais quand il lui souvint qu'elle avait fait le fort et le château de Lusignan, en si peu de temps, il ne se donna plus de merveilles.

Et vint Mellusyne, qui le reçut doucement et honorablement en cette manière:

« Monseigneur, je suis moult joyeuse de ce que vous avez si bien besogné votre voyage, car on m'a déjà tout conté. »

Et Raymondin lui répond, le cœur riant :

« Ma très chère Dame, c'est à Dieu merci, et à vous. »

Et, en parlant de douces choses, ils arrivèrent à Lusignan et descendirent et fut la fête moult grande.

L'année d'après, Mellusyne fit faire le bourg et la tour de Saint-Maissant, et l'abbaye de Maillerèz et l'an suivant fit faire le château et le bourg d'Annelles. En autres temps fit fonder plusieurs nobles lieux en la comté de Poitou et duché de Guienne et fit le château et le bourg de Parthenay, si fort, si bel, que ce fut sans comparaison, et depuis édifia Pons et Saintes et Tellement et

Tellemondois et fonda beaucoup d'églises et abbayes et faisait moult bien et bonnes œuvres.

Raymondin et Mellusyne gouvernèrent sagement, honorablement et menèrent bonne vie.

———

Ils eurent six fils dont s'ensuivent les noms :

Geoffroy, l'aîné, puis Froymont et Urian, et Anthoine, et Thierry et le dernier qui fut nommé Raymondinet.

Mellusyne était si soigneuse de ses enfants qu'ils croissaient et amendaient si fort, que chacun qui les voyait s'en donnait grandes merveilles. Tant acquit Mellusyne en Bretagne, Guyenne et Gascogne qu'il n'y avait ni princes, ni dues qui osèrent courroucer Raymondin.

Or, il advint à un samedy, qu'à son habitude, Mellusyne s'absenta. Raymondin ne s'inquiétait jamais où elle allait, ni de ce qu'elle faisait ce jour-là, comme il le lui avait promis ; ainsi avait-il fait jusqu'alors et ne pensait jamais nul mal ou mauvaiseté, fors seulement du bien de sa femme.

En cette journée du samedy, le temps était sans point de vent ; un peu avant dîner vinrent nouvelles que son frère, le comte de Forestz, le venait voir : dont il fut joyeux. Raymondin fit faire grand appareil pour recevoir son frère, alla à sa rencontre et le reçut avec liesse. Ils vinrent en la salle et lavèrent leurs mains, s'assirent et furent moult bien servis ; après grâces dites, le comte, un peu à part, tira son frère et lui demanda :

« Mon frère où est ma sœur? Faites la venir, car j'ai grand désir de la voir. »

Raymondin qui ne pensait à nul mal répondit :

« Beau frère, elle est enbesoignée quant à aujourd'hui, et ne pouvez la voir, mais demain la verrez et elle vous fera bonne chère. »

Quand l'autre entendit ceci, il ne se tut pas, mais dit :

« Vous êtes mon frère, je ne dois pas vous céler votre déshonneur, et, beau frère, je vous dirai que le commun langage court que tous les samedys elle fait œuvres diaboliques, et d'autres disent qu'en ce jour, elle va en féerie faire sa pénitence, et on dit partout que vous êtes si aveuglé d'elle, que vous n'êtes mie si hardi de vous enquérir de savoir où elle tourne. »

Quand Raymondin ouït ces mots, tressauta de deuil et de rage, bouta la table par terre et alla dans sa chambre tout pris de colère et de jalousie. Il alla dans sa chambre et prit son épée qui pendait à son chevet et s'en fut au lieu où il savait bien que Mellusyne allait tous les samedys, car elle ne le lui avait pas célé : jusqu'alors ni hiver, ni été, il ne l'avait suivie. À l'entrée du lieu, il trouva un fort huis de fer, qui était fort épais, de vrai jamais il n'avait jamais été si avant.

Il tira son épée et mit la pointe à l'encontre de l'huis et tourna et vira tant qu'il fit un petit pertuis, par quoi il put voir tout ce qui était en la chambre. Adonc regarda dedans et vit Mellusyne qui était dans une grande cuve de marbre blanc, et était la cuve de la grandeur de bien de quinze pieds autour au carré et il y avait bien cinq pieds de profond, là, se baignait Mellusyne et faisait sa pénitence.

Raymondin regarda Mellusyne qui était en sa cuve, blanche comme la neige sur la branche, le corps bien fait, svelte et joli, le visage frais et rose ; à proprement parler oncques ne fut plus belle.

Mellusyne tenait un miroir d'une main, de l'autre peignait ses longs cheveux, comme elle se virait Raymondin vit de la taille jusqu'en bas..... Grande ! horrible ! vraiment ! était une queue de serpente, d'azur burelée, et longuement débattait Mellusyne sa queue en l'eau, tellement qu'elle la faisait bondir jusqu'à la voûte de la chambre.

Quand Raymondin vit ceci, il fut moult dolent ; sentit si grande douleur et telle tristesse que cœur humain ne pourrait en porter plus, et dit :

« Ma douce amie, or, vous ai-je trahie et me suis-je parjuré envers vous ! »

Il court en sa chambre, prend de la cire en une vieille lettre, découpe un petit morceau de drap, le mêle à la cire et vivement va boucher le pertuis, puis il vint en la salle où il trouva son frère.

Quand le comte de Forestz l'aperçut, il vit qu'il était courroucé, et bien connut que Raymondin avait douleur amère et il pensa que celui-ci avait trouvé mauvaiseté en sa femme, et lui dit :

« Mon frère, je le savais bien, vous avez trouvé ce que je disais, que votre femme n'allait pas en droite voie. »

Raymondin lui cria à haute voix :

« Vous mentez, fausse gueule et parmi les dents, c'est male heure que vous entrâtes ici, or, vous en allez ! Ma dame est la plus nette, la plus loyale et la meilleure des femmes, vous m'avez apporté toute douleur : si je me croyais, je vous ferais mourir de male mort, mais raison naturelle me le défend, parce que vous êtes mon frère; allez-vous en, ôtez-vous de mes yeux, que tous les maîtres d'enfer puissent vous y convoyer. »

Quand le comte de Forestz vit son frère en tel courroux et douleur, il sortit de la salle avec tous ses gens, monta à cheval et partit, repentant sa folle entreprise, car bien savait que jamais Raymondin ne voudrait le revoir.

Raymondin rentra dans sa chambre et pleure et se lamente, souvent pâlit, perd couleur et dit :

« Mellusyne, de qui tout le monde disait du bien, t'ai-je perdue sans fin ? Hélas ! hélas ! au monde n'est pas plus pauvre homme que moy. Dame fortune, fausse, borgne, ce fut par toy que j'ai pris cette femme fée; bien fol qui en tes dons se fie, il n'y a en toy ni sûreté, ni stabilité; par toy, me faut perdre ma très douce amie, mon cœur, mon bien, ma vie !...

« Mellusyne ! le tant peu d'honneur que Dieu m'avait donné, venait de toy, tu m'avais mis en haute autorité par le sens de toy, la plus sage, la meilleure des meilleures. Las ! ma douce amour, si je vous perds pour ma trahison, je m'en irai par déserts devenir reclus ou hermite. »

En cette douleur et misère reste Raymondin jusqu'au jour; quand l'aube fut aperçue, Mellusyne entra dans la chambre et quand il l'ouït venir, fit semblant de dormir, et comme elle s'approchait de lui commence à soupirer. Adonc elle l'accole tendrement et lui demande :

« Mon doux seigneur, que vous faut-il, êtes-vous malade ?

Quand Raymondin vit qu'elle n'avait parole de rien, croit qu'elle ne sait rien de son fait, mais pour néant le crut; car Mellusyne savait bien qu'il l'avait découverte, elle s'en souffrait, mais ne lui en montra nul semblant. Lors il fut tout joyeux et lui répondit :

« Ma mie et ma dame, j'ai été un peu malade et ai eu un peu de fièvre, mais je me sens tout adouci de votre venue. »

« — Mon amy, dit Mellusyne, vous serez tantôt guéri, si Dieu plaît. »

Quand il fut temps, ils allèrent ouïr la messe et fut tantôt le dîner prêt, et ainsi demeurèrent tout le jour, et le lendemain Mellusyne s'en alla à Niort, où elle fit bâtir une forteresse, et fit là deux tours jumelles qui y sont encore.

XII

TANT les années passèrent que Geuffroy, qui fut le premier-né, eut quelque dix-huit ans et fut moult grand, bel écuyer et fort à merveille, et Froymont son frère avait dix-sept ans, qui fut moult doux et courtois, or ils vinrent à leur mère, Mellusyne, et lui commencèrent à dire sagement :

« Ma Dame, s'il vous plaît, il serait bien temps que nous allassions voyager pour connaître les terres, les contrées, les pays étranges, afin d'acquérir honneur et bonne renommée ès lointaines marches, par quoi nous fussions introduits de savoir parler diverses langues ; si fortune nous voulait être amie, nous avons bien volonté de conquérir pays.

« — Par foy, enfants, dit Mellusyne, votre requête vient de grande vaillance et pour ce, ne doit pas être refusée ; sur cette matière je parlerai à votre père, car, sans son consentement, ne puis-je rien vous accorder. »

Adonc se part Mellusyne et vint à Raymondin, et lui conta la requête de ses enfants, lequel dit :

« Chère Dame, s'il vous semble que ce soit chose bonne à faire, faites-en à votre volonté.

« — Amy, répond Mellusyne, vous dites bien et sachez qu'ils ne feront, en ce voyage, chose qui ne leur tourne à grand honneur et profit au plaisir de Dieu. »

Lors revint Mellusyne à ses deux enfants et leur dit ainsi :

« Beaux enfants, pensez désormais à bien faire : votre père vous accorde votre requête, et ainsi fais-je : mais or, me dites en quelle partie vous voulez aller, afin de vous pourvoir de ce qu'il vous faudra. »

Adonc répondit Geuffroy :

« J'ai ouï que Guédon, le géant en Guérande, demande le tribut des gens de mon père, et lui veux porter le défi en la pointe de ma lance. »

Et répondit Froymont :

« Ma Dame, j'ai désir aussi d'aller en Guérande, pour d'abord aller saluer les sires de Léon, mes cousins. »

Or va donc dire Mellusyne :

« Cy faut pourvoir, et j'en ordonnerai tellement que vous vous souviendrez de moi, et ce, ferai-je bien brief. »

Geuffroy et Froymont se vont agenouiller devant leur mère en la remerciant humblement, et là, les prit en ses bras et les baisa chacun en la bouche : car elle les aimait d'amour de mère et de nourrice ; et fut curieuse d'apprêter elle-même l'affaire de ses enfants.

Entretemps Geuffroy manda dix chevaliers et gentilshommes pour se mouvoir avec lui, et ils lui dirent :

« Seigneur, nous sommes tous prêts, et tous désirons venir en votre compagnie et vous servir. »

Tant fit Mellusyne que tout fut prêt et eut grand'foison de chevaliers écuyers et gentilshommes qui vinrent pour le départir ; là on vit bannières et étendards au vent, et sonner trompettes et les chevaux hennir et ruer, que c'était moult grande beauté à voir, et prirent les deux fils congé de leurs frères et des gens du pays, et Mellusyne tira à part ses deux aînés en disant :

« Mes enfants, entendez ce que je veux vous dire et commander :

« Je vous encharge qu'en toutes vos affaires vous réclamiez dévotement l'aide de votre Créateur et que vous l'aimiez et le craigniez comme votre Dieu. Honorez votre mère la sainte Église et soyez ses champions contre les malveillants ; aidez et conseillez les femmes veuves et nourrices, et faites nourrir les orphelins, réconfortez toutes pucelles qu'on voudrait déshériter déshonorablement. Aimez les gentilshommes, tenez-leur compagnie. Soyez humbles, doux.

courtois aux grands et aux petits; si vous voyez un homme d'armes pauvre ou en petit état de vêtements, en mesure, donnez-lui du vôtre, selon qu'il sera de value.

« Soyez larges aux bons. Si vous donnez pour plaisance, gardez que folle largesse ne vous surprenne, afin qu'après on ne puisse se moquer de vous. Gardez que vous ne promettiez chose que vous ne puissiez tenir; si vous promettez aucune chose ne la faites pas attendre, car longuement attendre éteint la vertu du don. Gardez-vous acheter chose que vous ne puissiez payer.

« Ayez cœur de fierté de lyon envers vos ennemis et montrez votre puissance entre eux et vos seigneuries; ne désirez pas venger vos torts, mais prenez amende raisonnable, et faites raison aussi bien au petit comme au grand. »

Ainsi châtia et enseigna Mellusyne, ses enfants, lesquels l'en remercièrent, et elle leur donna or et argent pour tenir leur état et bien payer leurs gens jusqu'à quatre ans, puis leur dit :

« Allez-vous-en, en la garde de Dieu qui vous veuille garder, conduire et ramener en joie. »

Chacun frère tira de son côté.

Tant allèrent Geuffroy et ses gens qu'ils arrivèrent un soir à la Rochelle.

Le lendemain s'en partit et alla tant par ses journées qu'il arriva à Marmont, où il trouva arrivé son frère Froymont et son cousin de Léon, et là festoyèrent huit jours; au neuvième chacun se tint pour content.

En celui temps, le grand géant, qui accueillait grand orgueil par sa force, avait mis tout le pays de Guérande à la Rochelle à tribut de pâturages; les gens du pays en étaient moult chargés, mais n'osaient en sonner mot, ni rien dire.

Adonc dit Geuffroy le dixième jour à son cousin :

« Par mon chef, mal pensera à ce géant de tenir le pays de mon père à pâturage, il lui en coûtera cher. J'ai grand'merveilles de vous, mon seigneur, comment avez-vous souffert ce mâtin de Guédon le Géant, qui a mis votre pays, celui de Guérande et jusqu'à la Rochelle à tribut! »

Quand Henry l'entendit il lui dit :

« Beau cousin, sachez qu'il n'y a guère, que nous n'en savions rien et ce, nous avons souffert jusqu'à votre venue, car nous ne voulions pas troubler la fête, mais Guédon sera bien payé, mon père Alain lui occit son aïeul jadis en la comté de Bretagne. »

Adonc répondit Geuffroy :

« Ne veut m'enquêter des choses passées, de présent cette injure sera tôt amendée ; pour un tel ribault, je ne mènerai que dix chevaliers avec moi, mon harnais et les leurs, non pour aide contre lui, mais seulement pour moy accompagner, pour mon honneur, et ne finirai jamais que je l'aurai combattu corps à corps. »

Avant de se départir, il prit une soupe au vin, mangea un petit, but une fois et se garda de faire nul excès. il savait que trop manger et trop boire ôte forces, puis salua ses cousins et son frère et se mit en chemin, lui, onzième de chevaliers. et s'en alla en Guérande. où il pensait trouver plutôt le géant Guédon, et partout s'enquêtait de lui. On lui en donnait nouvelles en demandant pourquoi il le cherchait.

« Par foy, je lui apporte, en la pointe de ma lance, le tribut qu'il a pris par son fol ouvrage sur la terre de monseigneur mon père. »

Quand les bonnes gens l'entendirent :

« Vous vous entremettez de grande folie ; cent comme vous ne lui pourraient durer, répondaient-ils.

« — N'ayez doute, laissez-moi en avoir la peur tout à moi », disait Geuffroy.

Et ceux-ci se turent et ne l'osaient courroucer, car ils voyaient trop la fierté dont il était plein, et lui dirent qu'il était à dix lieues de son repaire où il pourrait le trouver.

« Et le verrai-je volontiers, dit Geuffroy, pour moult autre chose ne suis venu en ce pays, or menez-moy où il repaire. »

Et ils le menèrent tant qu'ils virent, en une montagne. une grosse tour qui surveillait par cinq lieues le pays d'environ. et étaient autour des fossés bien curés, et au dehors des fossés, bons murs et bonnes tours hautes, et il y avait deux ponts levis.

Et lors ils dirent à Geuffroy :

« Monseigneur, c'est vraie folle entreprise, car Guédon a été combattu par maintes journées de plusieurs, aucune fois de cent, autrefois de deux cents, autrefois de mille, nous n'y vîmes onequcs rien conquêter. Comment penseriez-vous donc tout seul résister à sa puissance?

« — Ne m'en parlez plus, dit Geuffroy, il aura ou il n'aura rien. »

Lors ils reprirent :

« Monseigneur, vous voyez la tour de Montjouet, où Guédon le géant se tient, si vous voulez croire, il vous suffira d'avoir vu la tour, et vous vous en reviendriez avec nous, car nous n'irions plus avant avec vous, pour le pesant de vous de bon or fin.

« — Je vous remercie, dit Geuffroy, de ce que vous m'avez si avant amené. »

Et se descendit pour soy armer, et ceignit sa bonne épée où il se fiait moult, bouta le bon bassinet, monta à cheval et demanda son écu qu'il se mit au col, prit une masse d'acier qu'il pendit à l'arçon de la selle, aussi un cor d'ivoire qu'il suspendit à son col, et demanda sa lance, puis dit à ses chevaliers :

« Beaux seigneurs, attendez-moi au fond de la vallée, si Dieu me donne victoire, je sonnerai de ce cor, quand vous l'ouïrez, vous viendrez à moy. »

Ceux-ci le commandèrent à Dieu et furent dolents de ce qu'il ne les laissaient pas aller avec lui.

Geuffroy monta la montagne et vint à la porte de la basse tour qui était ouverte et après s'en alla vers la grosse tour qui était forte à merveilles. Quand il fut tout auprès, il la regarda, et fort lui en plut la façon, il vit que le pont de la première cour était levé, y entra et s'écria :

« Fils de mécréant et faux géant, viens parler à moy, je t'apporte, sur la pointe de ma lance, le tribut des gens de mon père. »

Tant cria Geuffroy que le géant vint à une fenêtre et le vit tout armé sur le destrier et la lance sur la cuisse, Geuffroy aussi avisa Guédon, lequel était si grand, si fort membré et de fière contenance, qu'onequcs jamais pareil n'avait été vu.

Le géant cria à haute voix :

« Chevalier, que veux-tu ?

« — Par mon chef, répondit Geuffroy, je te requiers et non autre, et te viens challenger et non autre pour t'apporter le tribut que tu as levé sur les gens de Raymondin de Lusignan. »

Quand le géant l'entendit, il enragea de fin deuil de voir le corps d'un seul chevalier qui commence à lui faire la guerre et le vient quérir si hardiment en sa retraite; nonobstant quand il se fut bien advisé il considéra que Geuffroy était homme de grande vaillance. Adonc il s'arma, laça le heaume, prit un fléau de plomb à trois chaînes et une grande faux d'acier, vint au pont, l'abaissa, et arrivé à la cour demanda :

« Qui es-tu, toy, qui viens me quérir si hardiment?

« — Je suis Geuffroy, fils à Raymondin de Lusignan, qui viens te challenger pour le pâtis des gens de monseigneur mon père. »

Quand Guédon l'entendit, il se mit à rire et lui dit ainsi :

« Par foy ! follet, pour la hautesse et la hardiesse de ton cœur, j'ai pitié de toy et veux te faire grande courtoisie, c'est que tu retournes sans bête vendre, car sache, si tu étais toy et cinq cents hommes comme toy, tu ne pourrais endurer ma puissance, mais pour ne pas mettre à mort un si vaillant chevalier, que je crois que tu sois, je te donne congé, retourne vers Raymondin ton père et va tantôt d'ici. Pour l'amour de toy, je quitte tous les gens de Lusignan jusqu'à un an de tribut. »

Quand Geuffroy ouït qu'il le prisait si peu, il en fut grandement courroucé et cria :

« Mécréant, lâche, méchante créature! tu as déjà grand peur de moy; je répond que de ta courtoisie ne tiens-je compte, sache bien de certain que je ne partirai de cette place jusques à tant que je t'aurai la vie ôtée du corps, pour ce, aie pitié de toy et non mie de moy, car je te tiens pour mort là où tu es à présent et je te défie, par Dieu mon créateur.

« — Geuffroy follet, tu viens en la bataille et ne pourras endurer un seul coup de moy sans voler par terre. »

Sans plus dire Geuffroy pique le cheval des éperons et met sa lance sous le bras et va vers le géant tant que le cheval peut courir, il le férit au milieu du corps de la lance au fer tranchant, par telle vertu qu'il le fait voler par terre, la panse contre mont : le géant se relève courroucé. Au passé que fait Geuffroy, Guédon férit le destrier de la faux, si fort, qu'il lui tranche les jarrets de derrière.

Quand Geuffroy sentit son destrier frappé, descendit moult légèrement et alla vers le géant l'épée tirée, celuy-ci arrive à l'encontre la faux empoignée, et là eut fière bataille. Guédon croit atteindre Geuffroy, mais le chevalier hardi férit un si grand coup sur le manche de la faulx qu'il la tronçonne en deux. Le géant donne à Geuffroy un si fort coup sur le bassinet tant qu'il fut presque étourdit, mais Geuffroy se reprend et férit le géant sur le bras dextre, avec l'épée de toute sa force ; l'épée fut moult bonne et bien tranchante et lui coupe le bras, si qu'il vola par terre.

Adonc fut le géant moult ébahi quand il eut ainsi le bras perdu, pourtant il haussa l'épée de l'autre main et croit férir Geuffroy par le corps, mais celui-ci se garde bien et frappe le géant de l'épée sur la jambe au-dessous du genou, par telle puissance, qu'il la tranche en deux et le géant cheoit par terre et jette un si très horrible et haut cri que toute la vallée en retentit.

Bien l'ouïrent ceux qui attendaient Geuffroy, mais ne savaient pas pour certain qui l'avait poussé.

Geuffroy coupa les lacets du heaume et la tête à Guédon, puis prit son cor et sonna par si très grande vertu, que bien l'ouïrent ses gens et aussi ceux du pays qui demeuraient dans ladite vallée et surent ainsi que le géant était mort.

Tous alors montèrent sur la montagne et vinrent au fort où ils trouvèrent Geuffroy qui cria à ceux du pays :

« Jamais ce triste ne vous tiendra plus à tribut pour vos pâturages, à présent il n'a plus talent pour rien vous demander. »

Quand les chevaliers aperçurent le corps du géant et la tête d'autre part, ils furent tous ébahis de sa grandeur, car il avait bien XV pieds de long, et dirent à Geuffroy :

« Monseigneur, vous avez outragé de vous-même, de vous être mis en si grand péril, d'avoir osé assaillir un si grand diable. »

Tantôt fut la nouvelle épandue dans tout le pays et aussi aux alentours. Geuffroy transmit à son père, par deux de ses chevaliers, la tête d'icelui géant et entre temps s'en alla ébatant parmy le pays où il fut festoyé et reçu à grande joie et lui fit-on moult riches présents.

De vrai, Guédon avait beaucoup détruit le pays et il n'y avait personne qui osa habiter à VIII ou IX lieues près de Montjouet, les gens y avaient tout abandonné et de fait lui avaient tout laissé.

Huit messagers des plus notables vinrent devers Geuffroy et d'accord avec les barons offrirent Monjouet et les autres richesses de Guédon pour lui appartenir et à tant qu'il aurait lignée de fils.

Geuffroy les remercia ainsi :

Beaux seigneurs, je ne refuse pas l'offre que vous me faites, mais si je n'eusse mercis ou nouvelles de vous, sachez que j'aurais nonobstant combattu Guédon pour aumône et pitié du peuple qu'il avait détruit et aussi pour honneur acquérir et c'est à l'aide de Dieu que j'ai pu ainsi exiler ce géant. »

XIII

Quand Geuffroy se départit de ses cousins, Froymont aussi prit congé d'eux, il s'en fut à Maillezèz, au beau moustier; là se plut si fort, car il était moult dévot et savait moult de clergie, qu'au bout d'un tantinet de temps, s'en vint errant vers son père et requête lui fit qu'à cette abbaye, moyne puisse se faire.

Quand Raymondin l'entendit, il fut éperdu.

« Comment, dit-il, beau sire, voulez-vous donc devenir moyne? Regardez Geuffroy et vos autres frères qui seront tous nobles chevaliers; il ne peut être, vous ne serez pas moyne; autre ordre que prêtre je vous donnerai, vous serez chevalier ainsi que vos frères le seront. »

Froymont répondit :

« Jamais ne serai chevalier, Dieu m'a réclamé; jamais je ne porterai les armes, car je veux prier pour vous, pour ma mère et pour mes frères, je veux user ma vie en l'abbaye de Maillezèz. Je vous en prie mon très cher père, ne veuillez me le refuser. »

Raymondin voit que Froymont en tient; donc hâtivement, il envoie un messager à Mellusyne, qui était à Niort et y faisait faire la forteresse, celui-ci va saluer la dame et lui conte comment Froymont, moyne cloîtrier, veut être, en l'abbaye de Maillezèz, et grande tonsure veut porter.

Mellusyne lui répondit :

« Allez, beau seigneur, lui dire qu'il en fasse à sa plaisance ; si mon seigneur Raymondin le veut, tout me plait bien et je me soumets à son ordonnance, car si moyne Froymont devient, ce sera rose en notre chappel. »

Quand le messager s'en fut revenu, le lendemain au matin, Raymondin fit venir son fils.

« Froymont, dit-il, entends ton père, j'ai fait parler devant ta mère pour savoir si tu seras moyne ou non ; de quoi elle me laisse la charge, et pour ce, vois-tu, tu seras vêtu, mais dis? ne veux-tu pas mieux être chanoine de Saint-Martin, à Tours en Touraine? N'en sois de rien inquiet, j'en ferai passer les chartes, car je suis ami du Pape, notre Saint-Père. Après tu seras évêque, soit de Paris, Beauvais ou Arras. Dis, Froymont, seras-tu chanoine?

« — Nenni, répondit Froymond, de Maillezèz je veux être moyne, je vous dis bien ; point autre chose, ni biens ne veux avoir à nul jour de ma vie, car là est ma place, le Seigneur Dieu l'a ainsi choisi.

« — Or, de par Dieu, dit Raymondin, tu seras moyne et prieras pour nous. »

Froymont fut rendu moyne à Maillezèz, y fut vêtu par le consentement de son père et de sa mère, à grande noblesse ; en fut l'abbé moult joyeux, aussi fut tout le couvent, et ils étaient céans jusqu'au nombre de cent moynes, à compter l'abbé, et eurent grande joie de la venue de Froymont.

Les deux chevaliers que Geuffroy avait envoyés par devers son père firent tant, qu'ils vinrent à Lusignan, où ils trouvèrent Raymondin, et lui présentèrent la tête du géant de par Geuffroy, dont il fut joyeux. La tête de ce Guédon fut moult regardée, et s'émerveillait chacun comment Geuffroy avait osé l'assaillir, et adonc Raymondin fit écrire à Geuffroy une lettre comment Froymont, son frère, s'était rendu moyne à Maillezèz ; puis fit de beaux dons aux chevaliers, leur donna la lettre, leur dit qu'ils saluassent Geuffroy et qu'avant ils portassent la tête à Mellusyne, qui était à Niort.

Les deux chevaliers se départirent et firent tant qu'ils vinrent à Niort où ils trouvèrent la dame et la saluèrent de par son fils Geuffroy et lui présentèrent la tête du géant, dont elle fut joyeuse et l'envoya à la Rochelle, et fut le chef de Guédon mis sur une lance à la porte Guiennoise, et Mellusyne donna aux chevaliers de riches dons. Eux, après, prirent congé et s'en allèrent vers la tour de Monjouet où Geuffroy se tenait volontiers ; ils le trouvèrent avec nombreuse compagnie. Lors vinrent les deux chevaliers le saluer honorablement de par son père et de par sa mère, et lui contèrent la bonne et joyeuse recueille et les beaux dons qu'ils avaient eu.

« Par foy, dit Geuffroy, cela me plaît. »

Et puis lui baillèrent les lettres de par son père: Geuffroy les prit et rompit la cire et vit la teneur des lettres faisant mention comment Froymont son frère était rendu moyne à Maillezèz. Adonc il se courrouça et montra si cruel semblant, qu'il n'y eut onequues si hardi qui osa demeurer, mais vidèrent tous la place, excepté les deux chevaliers.

Quand Geuffroy connut les nouvelles de Froymont son frère, eut si grande douleur que peu s'en fallut qu'il sortit de son sens; adonc parla haut ainsi :

« Comment! Monseigneur mon père et Madame ma mère, n'avaient-ils pas assez pour faire mon frère Froymont riche, et lui donner de bons pays et de bonnes forteresses et de le marier richement, sans le faire moyne? Par Dieu, ces moynes flatteurs l'ont enchanté et soustrait. Comment qu'il soit, il ne s'en partira jamais. Par la foy que je dois à Dieu, je les paierai tellement que jamais il ne leur tiendra de faire faire un des nôtres moyne. »

Lors fit Geuffroy appareiller ses dix chevaliers et aussi s'arma et monta à cheval, et se partit de Montjouet, épris de grand courroux et de grande haine contre l'abbé et les moines de Maillezèz.

Pour lors étaient l'abbé et ses moynes en châpitre, et Geuffroy venu au lieu entra, l'épée ceinte à con côté, audit chapitre; quand il vit l'abbé et ses moynes il leur dit tout haut :

« Comment! moynes, qui vous a donné la hardiesse d'enchanter mon frère par votre fausse cautèle? vous l'avez fait devenir moyne et délaisser chevalerie! Par Dieu! mal le pensates, car vous en boirez mauvais hanap! »

« — Ha! ha! Sire, dit l'abbé, pour Dieu mercy, veuillez vous informer de raison; par mon Créateur, ni moy, ni moyne qui soit céans, lui conseillàmes onequues. »

Adonc vint Froymont en avant, qui bien croyait apaiser l'ire de Geuffroy et lui dit :

« Mon cher frère, par l'arme que j'ai à Dieu rendue, il n'y a personne céans qui onequues me le conseilla, je l'ai fait de mon propre mouvement, sans conseil d'autrui et par droite dévotion; frère, c'est par moi-même que je suis venu. Moyne suis, moyne serai, et pour vous, pour mon père, pour ma mère et mes frères seront mes prières, pour que Dieu, par sa grâce, en son Paradis vous reçoive, et de tout mal, pardon vous fasse.

« — Par mon chef, crie Geuffroy, tu en seras payé avec les autres, il ne me sera jamais reproché que j'ai moyne pour frère. »

De folle rage il est pris, sort, tire à lui les huys, les ferme bien et fort, fait apporter paille et bois, devant les portes met un grand mont de bûches et jure Dieu qu'il les ardera tous dedans. Adonc vinrent les dix chevaliers en avant qui le blâmèrent et dirent que Froymont était en bons propos et que par ses bienfaits et sa prière, il pourrait faire grand allègement aux âmes de ses amis.

« Par Dieu, cria Geuffroy, ni luy, ni moines de céans ne chanteront jamais messe, ni matines. »

Adonc s'en partirent les dix chevaliers de luy et dirent qu'ils ne voulaient pas être coupables de pareils mépris que d'ardir la maison de Dieu et de ses serviteurs, sans nulle cause. Sitôt que ses chevaliers furent partis, Geuffroy prit du feu en une lampe ardant qui était en l'église, après il bouta le feu à la paille et tantôt les bûches prirent feu, ce fut un mardy, car Mars est le dieu de la bataille.

Or, quand les moynes sentirent le feu, ils commencèrent à faire très piteux cris et très amères et douloureuses plaintes, et priaient Dieu dévotement qu'il eut mercy de leurs âmes. Tous les moynes furent ars et bien la moitié de l'abbaye avant que Geuffroy se partit de là; ce fait, il vint à son cheval et monta dessus, et quand il vint aux champs, il se retourna vers l'abbaye et commença à regarder le grand dommage qu'il avait fait. Lors se prit à gémir et à soy plaindre douloureusement en disant:

« Qu'as-tu fait, chétif, faux, mauvais, déloyal, parjure, ennemy de Dieu », et moult autres laidures, et n'est homme qui peut penser le déconfort et la désespérance qu'il prit, s'il ne l'avait vu ou ouï, et de fin ennui il se fut occis de son épée, si les dix chevaliers qui avaient ouï sa grande douleur n'étaient accourus, et l'un lui dit:

« Ha! ha! Sire, c'est trop tard repentir quand la folie est faite. »

Quand Geuffroy ouït cette parole, il eut encore plus grand dépit que devant, mais ne daigna pas répondre et chevaucha si fort vers la tour de Monjonet, qu'à grand'peine, lui purent, ses gens, tenir route.

Raymondin s'asseyait à dîner à Lusignan, lors vint un messager qui venait de Maillezèz et demanda où était Raymondin, et on le mena devant lui, lequel messager s'agenouilla et fit sa révérence en saluant courtoisement, et Raymondin lui rendit son salut en demandant quelles nouvelles et d'où il venait.

« Sire, dit le messager, c'est pitié pour moy, que je ne puis les apporter meilleures, car je les apporte moult piteuses.

« — Il faut que nous les sachions, dit Raymondin, Dieu soit loué et gracié de ce qu'il nous envoie. »

Et celui-ci lui dit :

« Monseigneur, il est bien vérité que Geuffroy votre fils a grande mélancolie de ce que Froymont, son frère, s'était rendu moyne à Maillezèz, qu'il est venu audit lieu, où il a trouvé au chapitre l'abbé et tous les moynes, et sachez pour vérité qu'il a bouté le feu dedans, et les a tous ars et bien la moitié de l'abbaye.

« — Qu'est-ce que tu dis ? je ne pourrai le croire, crie Raymondin, ce ne peut être.

« — Par ma foy, il en est ainsi, Monseigneur, si vous ne me croyez, faites moy mettre en prison ; si ne trouvez qu'il soit vrai, faites-moi mourir de telle mort qu'il vous plaira. »

Adonc Raymondin demanda son cheval, on lui amena, il monta et dessus partit sans attendre pair ni compagnon, et chevaucha vers Maillezèz tant que le cheval put le porter. Adonc ses gens montèrent à cheval, à qui mieux mieux, pour aller après lui et tant chevauchèrent tous qu'ils vinrent à l'abbaye.

Raymondin vit le grand méfait, dont il prit tel deuil qu'il enrageait tout seul.

« Ha ! ha ! dit-il, Geuffroy, tu avais le plus bel commencement de haute prouesse et de chevalerie, pour venir au degré de haut honneur que fils de prince qui fut vivant, et tu as tout défait par ta cruauté !

« Par la foy que je dois à Dieu, tu es fils maudit de par ta mère ; je crois que ce ne soit qu'un fantôme, que cette femme que je ne vois pas le samedy ; mon frère de Forestz m'en donna de mauvaises nouvelles, et ne sais de vrai si elle est esprit, ou illusion ; car, la première fois que je la trouvais, ne me sut-elle pas dire mon aventure ? »

En ce parti chevaucha tellement qu'il revint à Lusignan, là descendit et monta à sa chambre et se coucha sur son lit et là commença à se démener et à faire lamentations telles, qu'il n'eut cœur si dur qui n'en eut pitié.

Quand les barons virent qui ne le purent apaiser, furent moult dolents.

Adonc tinrent conseil qu'ils le manderaient à Mellusyne, qui lors était à Niort à faire les deux maîtresses tours jumelles qui y sont encore et, jusqu'à ce jourd'hui, fort belles à voir.

Or, le messager tira tant qu'il vint à Niort et salua la dame et lui bailla les lettres que les barons lui envoyaient.

Adonc elle rompit la cire et lut les lettres, et quand elle aperçut le méfait, elle fut dolente, et plus du courroux de Raymondin que d'autre chose. Adonc, elle fit venir tout son arroy et manda foison de dames du pays et demeura encore l'espace de trois jours et faisait moult male chère et allait et venait en soupirant et jetant de fois entre autres petites plaintes, car elle savait la douleur qui lui était prochaine. Au tiers jour se départit pour devers Lusignan moult bien accompagnée de dames et de damoiselles.

XIV

Lors les barons qui étaient assemblés pour réconforter Raymondin, qu'ils aimaient de bon cœur, vinrent à l'encontre de Mellusyne et lui firent bienvenue, lui contèrent qu'ils ne pouvaient faire laisser, à Raymondin, sa douleur.

« Or vous suffise, dit-elle, à la volonté de Dieu. »

Mellusyne la bonne dame, bien accompagnée de dames, de damoiselles et de barons du pays, entra en la chambre où Raymondin était, et cette chambre avait le regard sur les vergers qui étaient délectables et sur les champs et prés fleuris qui étaient devant Lusignan.

Lors quand elle vit Raymondin, elle le salua moult doucement et honorablement, mais il fut si dolent d'ire qu'il ne lui répondit mot.

Et adonc elle prit la parole :

« Monseigneur, c'est grande folie à vous, qu'on tient le plus sage prince qu'on sache vivant, de vous démener de chose qui autrement ne peut être et qu'on ne peut amender, ni remédier; vous vous arguez contre la volonté du Créateur, qui a tout fait et défera, toutes fois qu'il voudra.

« Sachez, qu'il n'est si grand pécheur au monde à qui Dieu ne soit plus piteux et pardonnable, qu'au pécheur qui se repent et lui crie mercy de bon cœur. Si Geuffroy votre fils a fait ce merveilleux outrage, cette chose est inconnaissable à humaine créature, car les jugements de Dieu sont si très merveilleux et secrets, qu'il n'est homme qui puisse les comprendre dans son entendement.

« D'autre part, Monseigneur, nous avons assez de quoi, pour refaire l'abbaye aussi bonne et meilleure qu'elle ne fut, de la renter et de la doter plus richement afin d'y mettre moynes plus qu'avant, et Geuffroy, si Dieu plaist, s'amendera devers son Créateur et devers le monde. C'est pourquoi, Monseigneur, veuillez laisser le deuil, je vous en prie. »

Quand Raymondin entendit Mellusyne, il sut très bien qu'elle disait vrai et que c'était le meilleur selon la raison ; mais il était si outré et percé de chaude colère, que raison naturelle était enfuie de lui, de ses deux yeux la regarda d'un regard fier et orgueilleux et d'une très cruelle voix, il cria en cette manière devant tous :

« Très fausse serpente, ta lignée ne fera jamais de bien en sa vie ; vois ce beau commencement de Geuffroy, comment r'auront leurs vies ceux qui sont ars en griève misère ; un seul bon fils nous avions et Froymont est détruit par ton art démoniaque, serpente que tu es. »

Quand Mellusyne ouït ces paroles, elle eut telle douleur au cœur, qu'elle chut toute pâmée par terre et fut demi-heure sans rendre haleine, ni qu'on sentit en elle aspiration.

Lors Raymondin fut refroidi de son ire, il commença à faire grand deuil et à se repentir des paroles qu'il avait dites en son courroux, mais ce fut pour néant, car ce fut trop tard.

Quelle folie de ce mot prononcé !

Les dames moult dolentes redressèrent la dame et lui arrosèrent d'eau froide le visage ; tant firent qu'elle revint à elle ; quand elle put parler, regarda piteusement Raymondin et lui dit :

« Ha ! ha ! Raymondin à la male heure, pour moi, je vis oncques la grande beauté de toy, la façon, la gracieuse manière, ta belle figure !

« Que tu m'as faussement trahie, combien parjure envers moy quand tu te mis en peine de me voir le samedy, mais pour ce que tu ne l'avais découvert à personne, je te l'avais pardonné en cœur et ne t'en eusse point fait mention, et Dieu te l'eût pardonné, car tu eusses fait ta pénitence en ce monde.

« Las ! mon amour, nos amours sont tournées en douleur, nos joies en larmes et notre bonheur en très dure pénitence !

« Las ! mon doux amy, ta langue déraisonnable m'a remise en peine éter-

nelle, si tu ne m'eusses faussé ton serment, j'eusse vécu comme femme naturelle
et fut morte comme simple mortelle, j'eusse reçu tous les sacrements et mon
corps eût été enseveli en l'église Notre-Dame de Lusignan et le souverain Roy
eût, de moy, en son Paradis l'âme emportée.

« Las ! ma douce amour, il faut que je te laisse, ne peut en être autrement,
Raymondin, au commencement quand nous nous entr'aimâmes, toute plaisance
nous avions trouvée, notre liesse est maintenant déplaisance ; tu m'as remise en
tourment jusqu'au jour du jugement dernier ! »

Quand Raymondin ainsi ouït Mellusyne, a tant de douleur qu'il ne voit,
n'entend, et ne sait quelle contenance faire, nul homme ne souffre pareille
douleur sans passer par les articles de la mort. Quand il est un peu revenu en
sa mémoire, il s'agenouille devant Mellusyne, joint les mains et dit :

« Ma chère dame, ma mie, mon espérance, mon honneur, je vous supplie
que ce méfait me veuillez pardonner et que veuillez avec moy demeurer. »

Mellusyne le regarde si douloureusement que les larmes lui tombent des
yeux en si grande abondance que sa poitrine en est arrosée, puis lui dit :

« Très doux amy, le méfait veuille te pardonner Celui qui est le vrai juge,
le vrai pardonneur, et la droite fontaine de justice, de pitié et de miséricorde ;
moy je te pardonne de bon cœur ; quant à ma demeurance, c'est tout néant et
tantôt tu me perdras. »

A ces mots le leva et l'entoura de ses bras et eurent tous deux si grande
douleur, qu'ils churent tous deux pâmés sur la terre de la chambre et dames,
damoiselles, barons et chevaliers menaient grande douleur, disant :

« Fausse, fausse fortune ! comment es-tu si fausse et si perverse que tu
t'es entremise entre ces deux amants », et s'écriaient tous à une voix :

« Nous perdons aujourd'huy la meilleure dame qui gouverna terre, la plus
sage, la plus humble, la plus charitable », et pleuraient et se lamentaient si fort
qu'ils entr'oubliaient les deux qui gisaient par terre.

« Mellusyne revint à elle et ouït le deuil que ses gens menaient pour sa
départie et vint à Raymondin qui gisait par terre encore tout pâmé, le dressa
sur son séant et dit à Raymondin et à eux tous :

« Écoutez bien ce que je vous dirai :

« Mon doux amy, je ne peux demeurer avec toy, car il ne plaît au Roy céleste, ne chasse pas Geuffroy hors de toy, car il se repentira et sera moult vaillant homme. fais bien nourrir et garde bien tous nos enfants.

« Adieu tous, adieu toutes, je vous prie humblement à prier Notre-Seigneur pour moy, afin qu'il lui plaise, à moy alléger ma pénitence. »

Lors recommença à faire piteux regrets et lourds soupirs en regardant Raymondin moult piteusement. puis commença à regarder par la fenêtre et dit :

« Hé ! douce contrée, j'ai eu de toy tant de joie et de récréation. Hélas ! j'étais dame clamée et on voulait faire et accomplir tout ce que je commandais. or, n'en serai-je plus même chambrière, et tous ceux qui m'appelaient avaient plaisir quand ils me voyaient; dorénavant, s'ils m'apercevaient ils se détourneraient et auraient peur et horreur de moy.

Et puis à plus haute voix dit :

« Je veux bien que vous sachiez qui je suis, et qui fut mon père, afin que vous ne reprochiez pas à mes enfants qu'ils soient enfants de mauvaise femme, de serpente ou de fée, car je suis fille d'Élinas d'Albanie et de Pressine sa femme, et nous sommes trois sœurs qui avons été, par faute de nos parents, prédestinées durement d'être en graves pénitences et de ce. je ne puis vous dire rien de plus.

« Et toy, bel et doux amy, souviens-toy de moy, car il me souviendra de toy ; prends en gré les adversités, car jamais en forme féminine ne pourra revoir moy, ta femme. ta douce amie, qui si fidèle compagnie t'a tenu. »

Adonc Mellusyne saute sur la fenêtre qui avait regard sur les jardins florissants, pleurent ses yeux, pleure son cœur, puis a dit :

« Adieu m'amour. adieu mon précieux joyau, adieu mon gracieux époux, adieu commune joie et bonheur, adieu Lusignan, bel et gentil château que je fis faire ! adieu mon mary, très doux amy de mon cœur, que Dieu t'aide et te conseille ! »

Quand elle eut fini ces paroles, par la fenêtre s'envola comme si elle avait eu ailes. passa sur les vergers et lors se mua en forme de serpente moult grosse, grande et longue de quinze pieds. La queue de cette fée toute d'argent et d'azur était burelée et la pierre sur quoi elle passa, au partir de la fenêtre, demeure et est encore empreinte du pied d'elle.

Raymondin et tous se jetèrent aux fenêtres pour savoir quel chemin elle tiendrait.

Lors la dame transmuée, fit trois fois environ la forteresse, et chaque fois qu'elle passait devant la fenêtre, elle jetait un tel cri que chacun pleurait de tendresse et de pitié, car bien s'apercevait-on qu'elle se partait par contrainte.

Ceux de la ville et de la forteresse furent moult ébahis et ne savaient que penser, car ils voyaient la figure d'une serpente et ouïssaient la voix d'une femme qui sortait d'elle et criait, et très piteusement se lamentait; quand elle eut trois fois environné la forteresse, elle se vint fondre si soudainement sur la tour poterne, en menant telle tempête et tel effroi, qu'il sembla à ceux de céans que toute la forteresse dut cheoir en abîme.

Ainsi s'en alla Mellusyne.

Le vent l'a prise, par l'air s'envole!
Perdue l'ont!

Lors commença Raymondin à entrer dans sa douleur, il pleure et se lamente tout haut :

> « Las! que ferai-je? Maudite l'heure où je fus né!
> « Adieu ma dame aux beaux crins blonds.
> « Adieu vous dis, douce maîtresse, adieu ma femme!
> « Adieu mon épouse, ma dame gracieuse!
> « Adieu rose, adieu violette, adieu mon arbre d'amour!
> « Adieu ma gloire, adieu la belle que j'aimais tant!
> « Jamais je ne vous reverrai!
> « Adieu tout mon bonheur!
> « Adieu tous mes amours! »

CY FINIT LE CONTE

DE

Mellusyne

Savoir est excellente chose,
Car tout aussi comme la rose
Sur toutes fleurs est la fine,
Aussi est science plus digne.
Qui riens ne sect, il ne vault rien.
S'affiert à tout homme de bien
S'enquérir moult des histoires
Qui sont de loinglaines mémoires.

Du Livre de Lusignan, MCCCLXXXVII.

ÉPILOGUE

QUILL. — FARFADET

Bravo! Sire Farfadet, tu es, sans contredit, un excellent metteur en scène, je suis charmée de la manière dont tu m'as fait voyager; je t'en fais mille compliments; l'histoire de cette pauvre Mellusyne est fort touchante, mais ce conte manque de joyeuseté. J'aurais aimé y entendre parfois le clair et fin tintement du grelot de la folie; il m'eût été agréable de retrouver, dans la bouche de tes personnages, les expressions assaisonnées de bonhomie d'esprit, appartenant au langage de notre vieille gaieté gauloise, elle qui, en nos jours, est aussi malade que notre bonne mère la Vigne.

J'aurais volontiers pris ma part des éclats de rire aigus de notre rire français, si modulé en ses brillantes roulades, si entraînant dans la satisfaction de se sentir bien portant de corps et d'âme. Ah! ce rire, évocateur des temps où nos pères savaient s'ébaudir naturellement et folâtrer honnêtement, il était vraiment la joie de la nature en vacances.

Farfadet. — Ma Demoiselle Quill, vous prêchez un converti. J'ai plusieurs cordes à mon arc, faites un signe et cette fois je vous transporterai au pays de la gaie science. Dites oui, et nous irons sur une chimère ailée vers les contrées des rêves d'or.

Quill. — Las! Farfadet, je suis d'aujourd'hui, tu es d'hier; mon passage en

ce monde est tracé sur des sables mouvants où s'engloutissent mes rêves. Je ne
puis, comme toi, vivre dans l'Illusion, il me faut rentrer dans la Réalité ; le temps
passé avec toi n'aura pas été un vain songe, il me sera un bonheur durable, j'en
conserverai un bon souvenir. Je te quitte avec regrets, crois-le bien, aimable
Farfadet, reçois, avant de nous séparer, tous mes meilleurs remerciements.
Adieu, charmant Lutin.

FARFADET. — Un instant encore, gracieuse Quill, ne partez pas si vite. A la
hauteur où nous sommes, il y aurait danger pour vous de descendre si subitement.

QUILL. — Quoique planant dans les nuages, nous ne sommes pas plus haut
que la tour Eiffel, j'y suis montée bien des fois et j'en suis toujours redes-
cendue sans inconvénients ; mais, pour rester un moment de plus avec toi, je
te demanderai de me porter aux Champs-Élysées. L'endroit sera favorable
pour nous souhaiter mutuellement bon voyage et longue vie.

FARFADET. — Vous entendre, c'est vous obéir, chère demoiselle Quill.

Rapide comme l'éclair, le Lutin est déjà au-dessus du pont Alexandre III.
Quill s'exclame, pleine d'enthousiasme :

« Regarde, Farfadet ! cette merveille digne de notre beau Paris ; salue,
Prince des pensées, le Génie de la France. »

En se découvrant, le Lutin imprime une trop forte secousse à son bonnet,
la Plume s'en détache et Quill glissant......

TABLE DES MATIÈRES

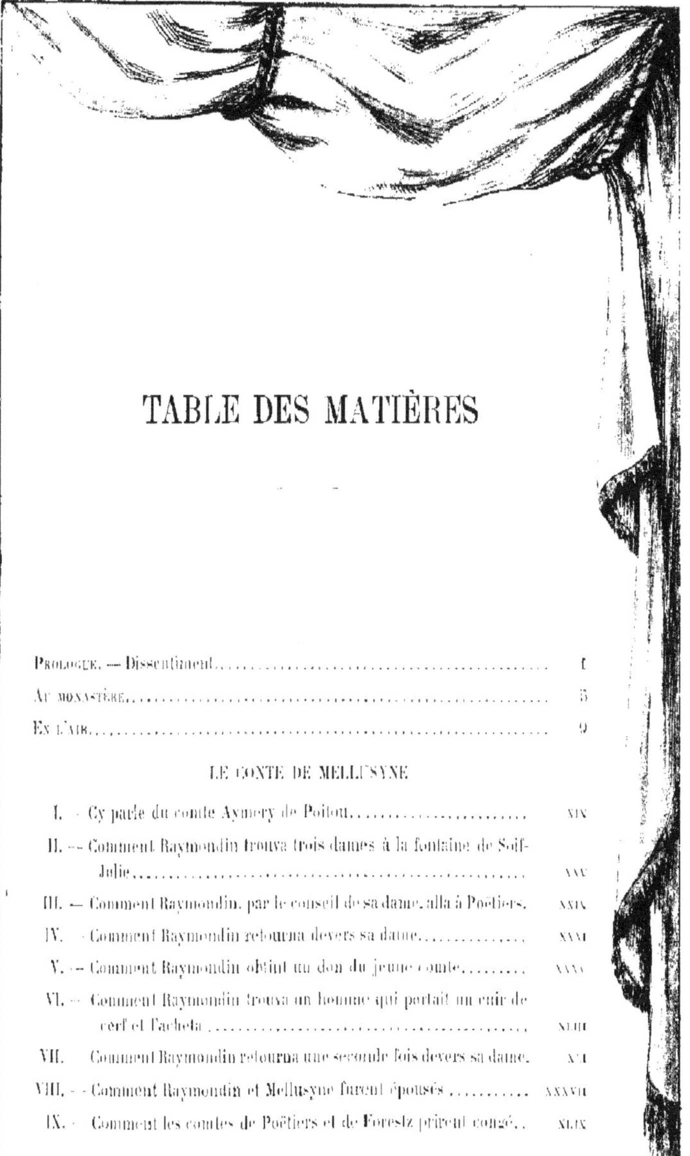

Tours, imp. Deslis Frères, 6, rue Gambetta.

9 782329 750347